虐待我的爸爸終於死了

荒井廣世

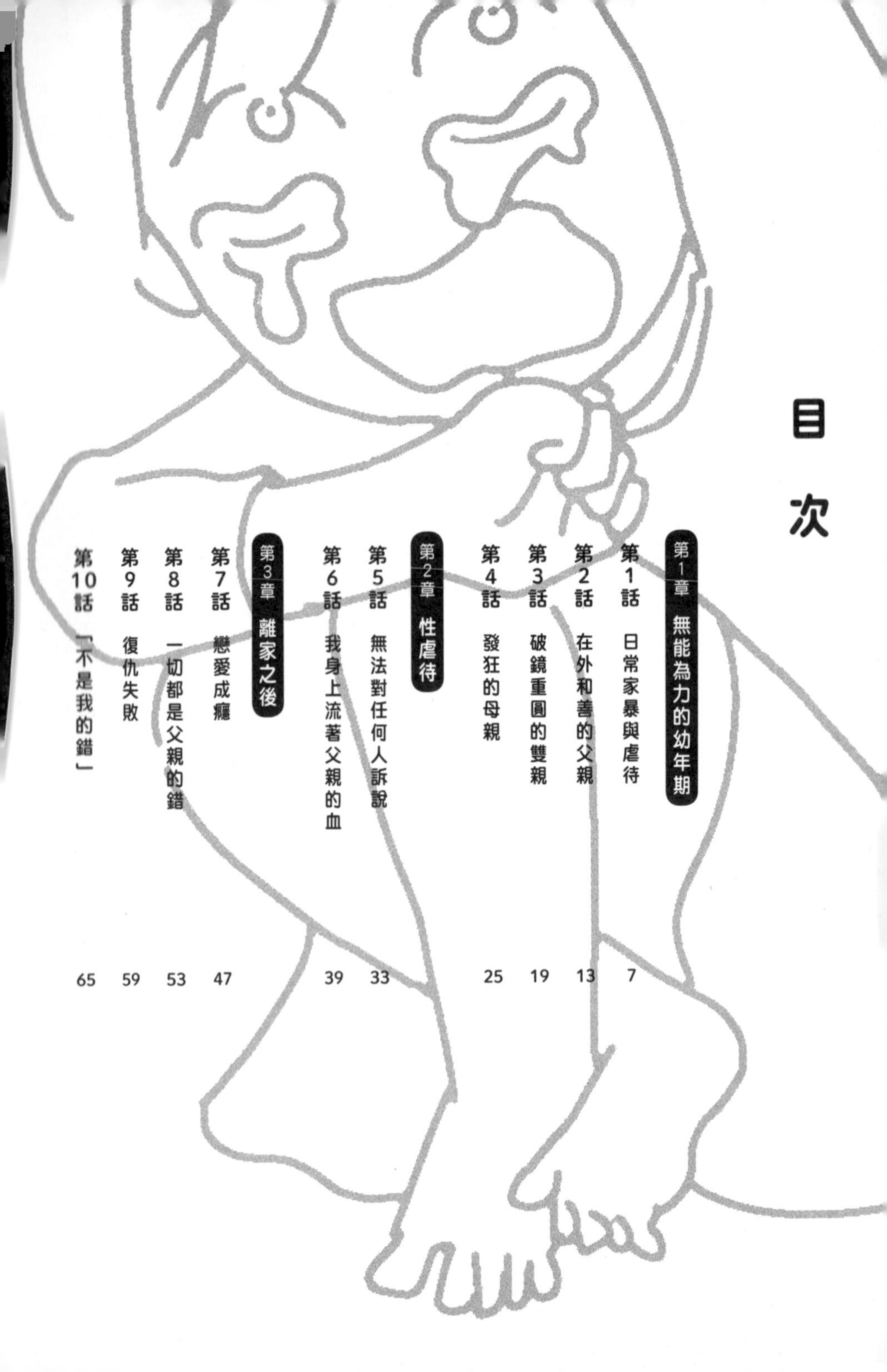

目次

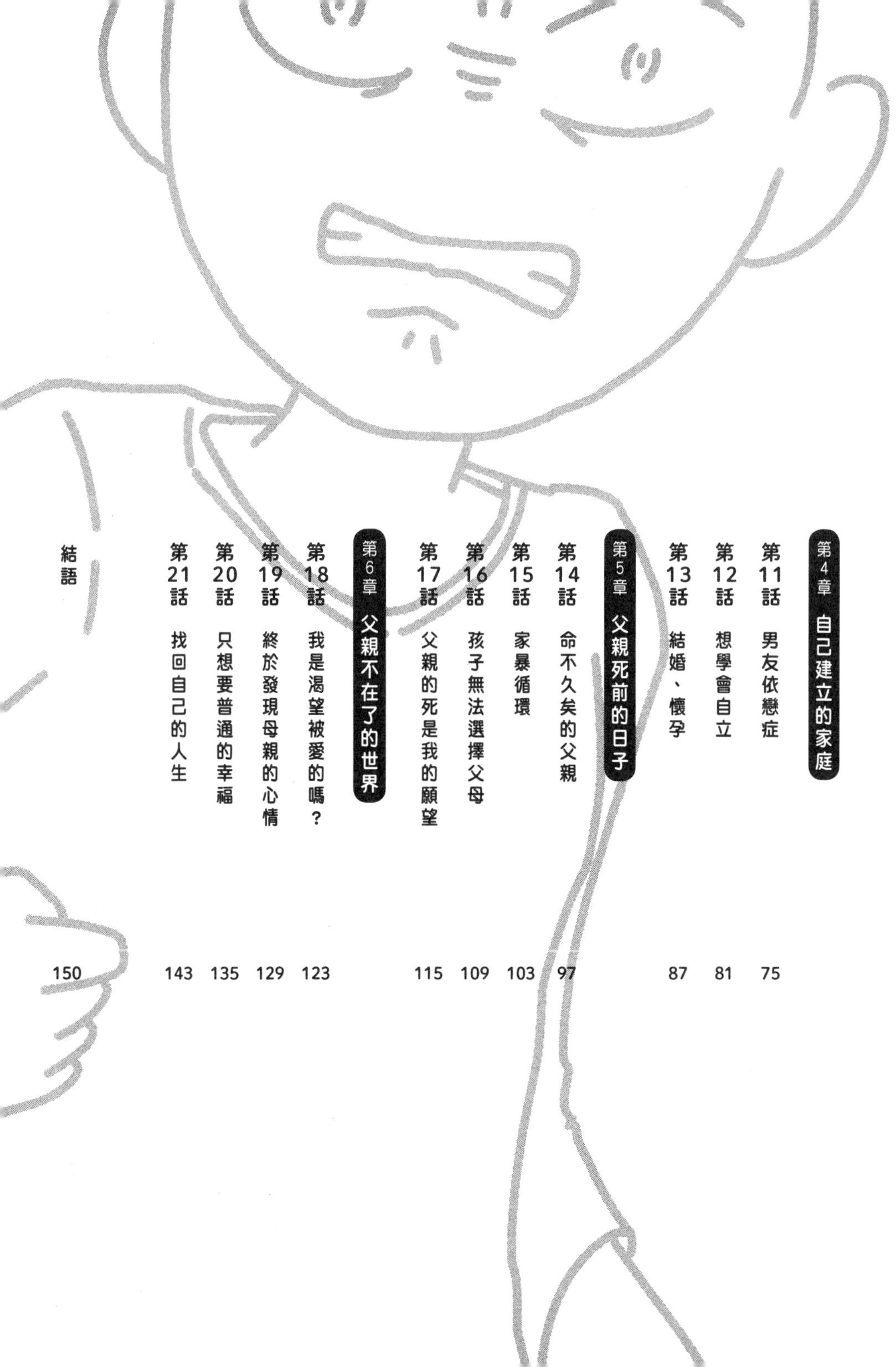

誰來救救我……

可是我希望不要有人發現

我爸媽不正常，

以及我不被那些人所愛的事。

第1章 無能為力的幼年期

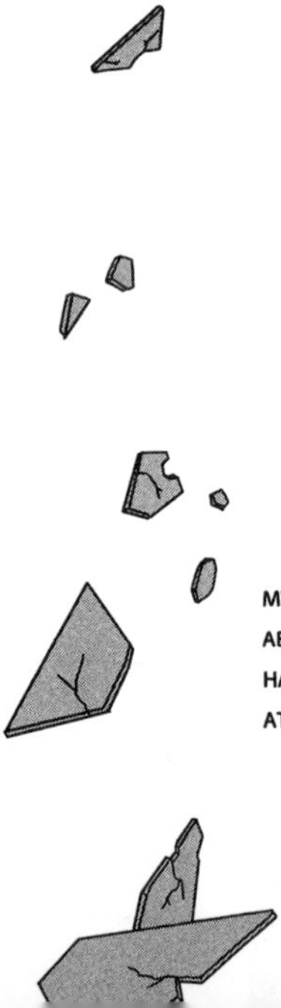

MY FATHER,
ABUSING ME A LOT,
HAS DIED
AT LAST.

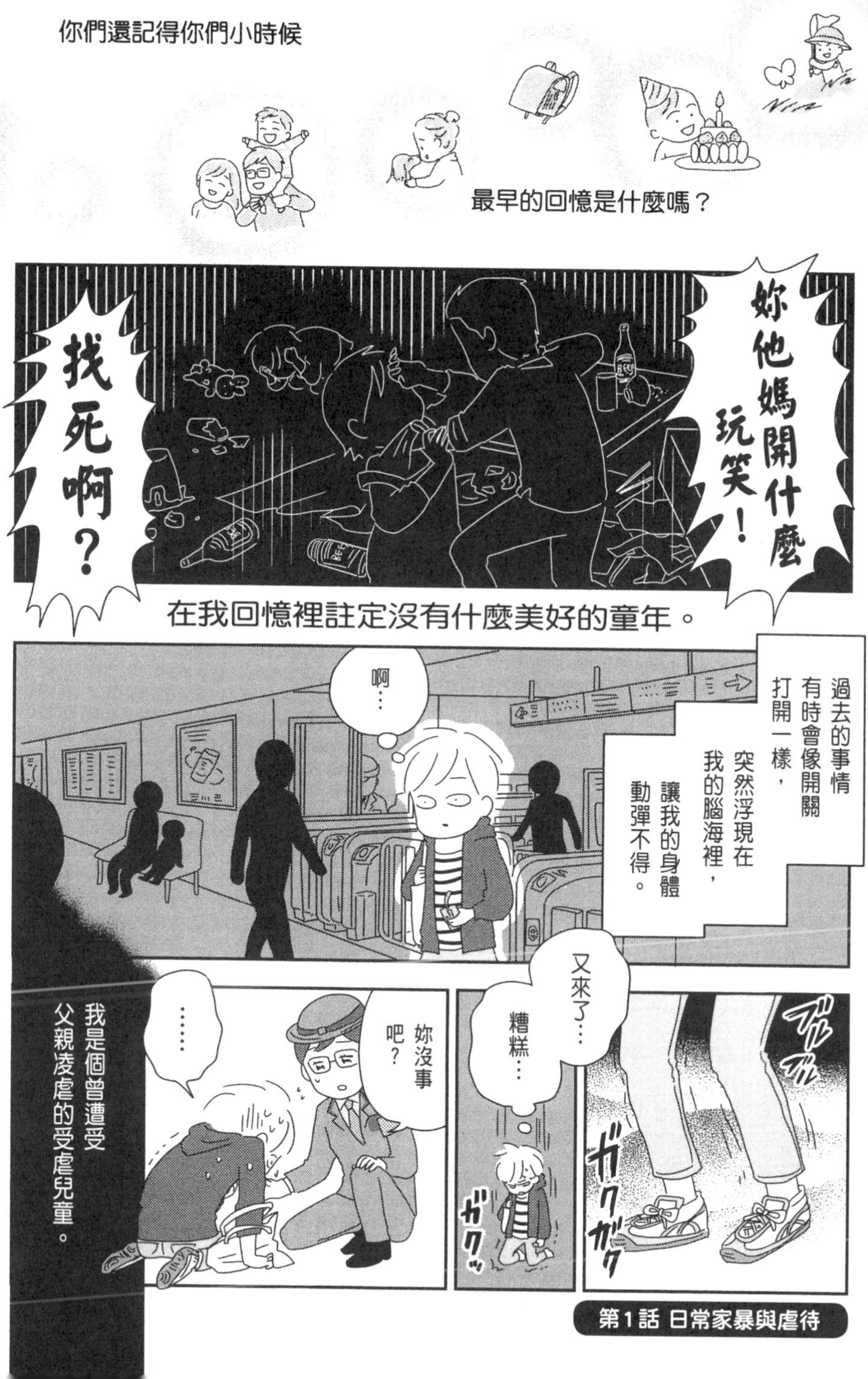
你們還記得你們小時候
最早的回憶是什麼嗎？
妳他媽開什麼玩笑！
找死啊？
在我回憶裡註定沒有什麼美好的童年。
過去的事情有時會像開關打開一樣，突然浮現在我的腦海裡，讓我的身體動彈不得。
啊……
ガクガク
又來了……
糟糕……
ガクッ
妳沒事吧？
……
我是個曾遭受父親凌虐的受虐兒童。

第1話 日常家暴與虐待

……我開動了。
我家裡有兩個哥哥和媽媽，
還有……
哎呀～！這人真的有夠醜，蠢到不行。
女人都他媽的白痴。
啊！
ガシャッ
バシャッ
一喝酒就打人的爸爸。
在搞什麼鬼啊？小兔崽子！
孩子的爸，別這樣！
ガシャーン!!

住手！不要打小孩！
嗚哇～嗚哇～
嗚嗚……嗚……嗚嗚……
キッ
爸……爸爸打我！
イラ…
妳他媽瞪什麼瞪？死兔崽子！
少在那邊哭了！
パアーン!!
孩子的爸！
還不是妳沒有好好管教！
不要打了，爸爸！
バッ
啊啊？

你他媽以為自己在跟誰講話？
ダァンッ
是爸爸你奇怪，我又沒說錯！
實！
誰對誰錯不重要！
你連自己都保護不了，別再惹爸爸生氣了！
スッ
哥哥！
小聲
我吃飽了。
啊……
你們快點到隔壁房間去！
廣世，過來！
你不要再鬧了！
媽的，混帳東西！
ドガ
ガン
妳他媽瞧不起我嗎？
妳以為老子是誰？
嗚哇～
嗚啊啊～

去你媽的，臭娘們！
妳那是什麼眼神？
別打了!!!
ガシャン
你不要那麼大聲！
ガタガタ
ガタン
媽媽會不會被打死啊？
我們應該要去救媽媽吧？
我跟哥哥去…
…不要管那兩個人了。
哥哥…？
媽媽不是說了嗎？
你連自己都保護不了！
啊…
…我們又打不過爸爸，去了也不能怎樣。
是我害的嗎…？
別打了！
拜託…快點結束吧——
媽的！

你要去哪裡？
少囉唆！
喀鏘！
啪噹！
靜——默……
結束了。
嗯——
…對了，今天好像有流星雨耶！
實，要不要一起去看流星？
好啊…
カチャ
パタン
實！你有看到剛才的流星嗎？
呀——！
妳真的很傻耶…
小藍…
希望可以趕快離家。
在那個家裡，
光是身為小孩子，
就是一種罪。

第2話 在外和善的父親

爸爸他在家裡面雖然暴力，
唔哇啊啊！
ガシャー!!
在鄰居間風評卻好得不得了。
廣世~
我是你們隔壁家的阿姨~
早安…
前陣子的社區撿垃圾活動，
你爸爸帶頭做了好多事，幫我跟妳爸說聲謝謝。
爸爸去撿垃圾？
他在家裡發飆都隨便亂丟東西也不會整理的，
為什麼在外面時就變得會幫忙了？
廣世有這樣的爸爸，真的好幸福喔~
幸福…？
這個人在說什麼東西…？

荒…井…
…井！
荒井！
ビクッ
有！
上課不要發呆！
對不起…！
你最近有點心不在焉！
滿腦子都是早上那些話…
等一下到辦公室來！
唔哇～
呵呵呵…
是…
呵呵！
荒井又要被罵了。
呵呵！
叮——咚——
教職員室
荒井…如果有什麼事情，老師可以聽妳說。
……！
對了！我還可以問問看老師啊！
是大人的話說不定就會知道為什麼爸爸在外跟在家完全不一樣！

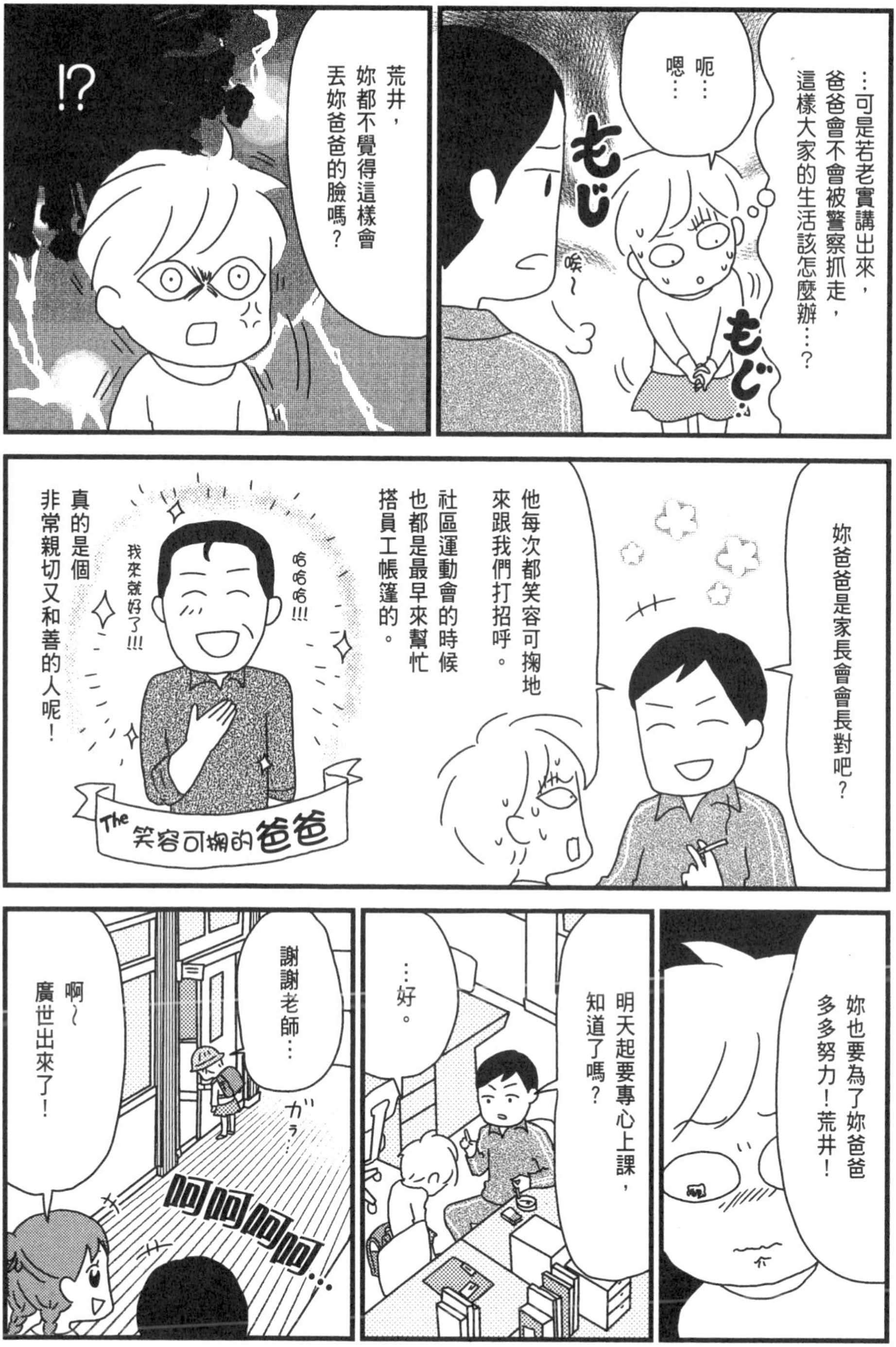
…可是若老實講出來，
爸爸會不會被警察抓走，
這樣大家的生活該怎麼辦…？
呃…
嗯…
もじ
もじ
唉～
荒井，
妳都不覺得這樣會
丟妳爸爸的臉嗎？
!?
妳爸爸是家長會會長對吧？
他每次都笑容可掬地
來跟我們打招呼。
社區運動會的時候
也都是最早來幫忙
搭員工帳篷的。
哈哈哈!!!
我來就好了!!!
真的是個
非常親切又和善的人呢！
The 笑容可掬的爸爸
妳也要為了妳爸爸
多多努力！荒井！
明天起要專心上課，
知道了嗎？
…好。
謝謝老師…
ガラ…
啊～
廣世出來了！

欸！妳知道嗎？廣世媽媽的事。
嘰哩 咕嚕
什麼？什麼？
是廣世的奶奶跟我奶奶說的。
呵呵！
嘰哩 咕嚕
聽說她在家都不做事，是個好吃懶做的媳婦，
只有一張嘴很會說，一點用處都沒有，
老是挨她爸爸罵。
哈哈哈哈！
哇～好爛～
那個老太婆～！
ムカァ…
奶奶住在我們家附近，時不時就會跑來家裡當面找媽媽麻煩。
妳茄子都不剝皮，整鍋味噌湯都被妳搞砸了。
休想讓我兒子喝這種東西！
白痴女人！
ザバァ
還四處亂說話，陷害媽媽。
再說了…到底什麼叫做媽媽每次都會挨爸爸罵？
那種狀況根本不叫罵，完全就是暴力！
ギリギリ…
她在看這邊了！
為什麼這些人的奶奶都要相信那種話？
討厭，好噁心！
呀哈哈哈哈

咦？鞋子不見了…
難道是剛剛那群人……？
我又沒看到她們拿，不能斷定一定是她們，穿室內鞋回去吧！
トントン
可是，這應該算是霸凌了吧…
哎呀，妳回來啦~
怎麼穿室內鞋？
糟糕！
要是被媽媽知道學校發生的事情，會害她擔心的。
她已經夠煩爸爸的事了，我不能再讓她為我操心！
我…我偶爾就是想穿室內鞋回來嘛~
你媽媽到底有沒有把妳教好啊？
我聽說很多你們家的事~
妳爸爸真的是有夠辛苦的…

給我閉嘴啦啊啊啊!!!
這孩子是怎樣？看來你們家真的有毛病！
ドンッ
殺了他！
殺了他！
我要殺掉爸爸（那個人）！
全部都是被爸爸（那個人）害的！
荒井
荒井
可是殺了他之後要怎麼隱瞞？
呼——
呼——
一定馬上就會被抓到的。
然後我的人生也就全部都完蛋了。
我不要完蛋…！
為什麼都沒人來幫我們…！
啊！
為什麼媽媽她不要跟爸爸離婚呢…？

在我3歲時，
媽媽、兩個哥哥加我，
四個人曾三更半夜開車
逃離那個發狂的父親。
我們只穿了衣服，
對不起，突然跑來。
沒關係啦！
就跑去投靠媽媽的親戚。
妳是不是太沒耐性了？
你們有好好溝通過嗎？
不好好地管好老公怎麼行呢？
…今天先讓我休息一下吧…
キィ…
パタン
爸爸和媽媽這樣離過一次婚。
嗚…
嗚嗚…

媽媽很快就找到了新家和新工作。
大家一起努力生活吧！
媽媽好棒——！
廣世，妳過來看，這裡有院子耶！
耶——!!
比舊家的院子還小。
也沒有我自己的房間。
…對不起。
…媽媽沒什麼學歷，薪水很低…只租得起這樣的房子…
媽媽，我喜歡這個家喔！
我們一家人一起努力吧！

之後媽媽從早工作到晚上，
Pi
○×幼稚園
讓我覺得很孤單寂寞。
媽媽，
尿尿…
欸欸！
怎麼了？妳遇到什麼可怕的事了嗎？
乖乖，沒事沒事。
是不是太寂寞了？
對不起、對不起。
我只是想跟媽媽撒嬌而已，為什麼會尿褲子呢…
我減少在外打工的時間，找到其他新工作了。
是家庭代工，
在家就可以工作喔！
這樣就可以多陪陪你們了。
純，你也可以多跟媽媽撒嬌。
這個家充滿了母愛，充滿了笑容。

就連生性冷漠、自我的長男純…
實！
ピカッ
雷公爺爺生氣了！
ドザザーン
躲在毯子裡就沒事了！
快點過來!!!
ゴロゴロ
ゴロ…
不要怕！毯子會保護我們…
シャッ
ブルブル…
哥哥！
ゴロ… ゴロ…
…這麼小一個家，雷公爺爺不會找到我們的。
ピカッ
ドザーン
ゴロゴロ…
也漸漸改變了。
在那之後5年，我們每天都過得很幸福，直到有一天——
孩子們…
我們要回去爸爸身邊了。
咦？

…錢的關係嗎？
我不希望你們像媽媽一樣辛苦，希望你們都能去念大學。
你們的幸福就是媽媽現在最大的願望。
可是——
唔喔喔喔喔喔喔
不要這樣！不要再丟了！
不要這樣!!
我們好不容易才回來的！
少囉唆！
一天到晚只會談錢!!!
我只是跟你說我想讓純去念補習班而已啊！
哇啊啊啊
老子要是認真起來，隨時可以要妳小命！
啊啊!?
不要打了！不要打了啦！
媽媽都在哭了！

媽媽，我們回去之前的家啦！
你們快去隔壁房間。
實，過來這邊。
妳以為哭一哭就可以沒事嗎？
你也適可而止!!!
臭婆娘！
我受夠了，我討厭這種地方！
嗚嗚……嗚嗚……
ドガッ
我不去念大學也沒關係！我想救媽媽！
…可是媽媽不想這樣。
不要打了！
パリン
ガシャン
數學3
…媽媽的心願是我們能夠過得幸福。
…也就是好好念書，進好學校、好公司。
好痛!!!
媽的!!!
媽媽是為了我們回來的嗎……
吵死了！
……
パリン
唔喔喔喔喔
我去死你就滿意了!!?
從那之後，媽媽就變得越來越奇怪了。

自從回來爸爸家之後，媽媽就開始做一些徒勞無功的事情。
吃飯囉～
喵～
第4話 發狂的母親
她開始對料理異常講究。
因為大家都在成長期啊！
我偶爾也想吃吃納豆。
雖然覺得好像哪裡怪怪的，
但爸爸外出工作沒回來吃飯的日子…
非常幸福。
只有睡覺的時候很討厭。
當時因為房間數有限，只有我跟媽媽一起睡覺。
ドカッ
ガチャ
ドスドスドス
我回來了～
ガラ
那裡也是爸爸睡覺的房間。

喂～起來！
等等！不要這樣！
グリグリ…
ズボッ
怎樣…
妳他媽想反抗啊！
不是啦……你要喝水嗎？
…喔喔！
那我們去隔壁房間。
ジャー…
カチャ カチャ…
キュッ
那個…孩子的爸，
今天婆婆也打電話來了。
コト…
她劈頭就罵我都在亂花錢。
…可是我已經很拚命在省錢了…對了，餐費的部分…
啊啊？
怎樣？妳又想要錢啊？
這個臭老太婆！
パリーン
每個月2萬餐費怎麼可能夠？
如果你不能給更多，那請讓我出去工作！
ドガッ
少囉唆！
ガチャーン!!
開什麼玩笑？
孩子們都在成長期！現在不好好攝取營養，之後會很辛苦的！
バン

…那明天
叫我媽來啊！
看誰才是對的。
這跟婆婆無關吧？
我是在跟你說話！
少囉唆！
妳這臭娘們！
隔天早上我醒來時——
兩個哥哥已經出門去社團晨練了。
ハッ
不要這樣！
你們在幹嘛…？
妳這個媽媽啊……
滿腦子只有錢，
是貪婪的女人，
我們在教訓她。
跟妳說沒錢就是沒錢！
沒有的東西是要我們
去哪生給妳！
那就讓我
去外面工作。

這樣我兒子不就會被其他人說是個連家都養不起的廢物嗎？妳要他一家之主面子往哪放？白痴女人！
所以說都是妳的錯。
少數要服從多數，我才是對的。
妳要看到什麼時候？
在那之後，媽媽還是把家事做得很完美，
可是常常心不在焉。
我雖然很擔心媽媽，但不知為何也鬆了一口氣。
就在某一天。
孩子們！我要去奶奶家，你們也一起來！
老太婆！給我出來！
ドンドンッ
幹嘛？
ガラッ
我終於想通了，
呼—呼—
我老公會這麼笨，是因為婆婆腦袋也有問題。
嘿嘿嘿……
妳說什麼？

要少數服從多數是吧？
告訴妳，孩子們都是站在我這邊的。
以後要比人數，我絕對不會再輸了。
我今天只是來說這件事的。
呵呵
呵呵呵
那天晚上──
妳這傢伙！跑去跟老媽說了什麼？
ドカッ
我只是說出實話而已！
バンッ
媽媽又被爸爸打了一頓。
ガシャーン
我覺得媽媽沒有錯…
可是…怎麼覺得…媽媽故意惹爸爸生氣？
為什麼…？
媽媽，妳回來這個家之後就變得好奇怪。
トントン…
為什麼要回來？
為什麼…？
グッ
還不是為了你們！

我不就是為了你們才這麼拚命？
ダンッ
ダンッ
ダンッ
ダンッ
現在反過來怪我？
我…沒有怪媽媽…
喵
啊！好痛…
タッ
ぐっ
タッ
ぐっ
…唔！
喵
臭貓，幹什麼？
ガッ
ズダーン
嗚嘎！
ザザクッ
ザザクッ
每個人都在瞧不起我！
可惡！我又沒有做錯什麼！
ドガッ
ガシャッ
我已經不知道媽媽是在跟誰對抗了。

第2章 性虐待

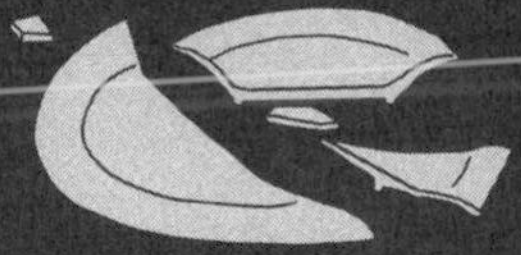

MY FATHER,
ABUSING ME A LOT,
HAS DIED
AT LAST.

從那之後，
我又沒有做錯什麼！
ザク
ザク
ザク
之前那個家絕對比現在還要好…
可是我要是說出口，
會被刺的……！
對不起，都怪我亂說話，
媽媽沒有做錯任何事。
呼ー
呼ー
我開始會對媽媽察言觀色。
討厭啦…廣世，都是妳說了奇怪的話，媽媽才會生氣…
妳看看，把家裡弄得一團亂。
…我來幫忙整理…
媽媽會變成這樣都是爸爸害的，
媽媽沒做錯任何事。
全怪到爸爸身上就對了…
這就是我的生存之術。

在那之後，哥哥們常因為要補習跟參加社團不在家。
而媽媽以前所提出來的規定，
大家要一起吃飯！孩子的爸也要一起！
這才是正常的家庭!!!
哥哥們都正值青春期…
這是很正常的成長過程…
也作廢了。
也因此，每次下班都會先去外面喝完酒才回來的爸爸，
變成隔天早上才會回家。
小酒吧
愛與誠
爸爸跟媽媽碰到面的機會變少，多虧如此…
你以為現在幾點？
少囉唆！
他們現在只有一大早會在房間門口吵架而已。
有點可怕…但這點程度也還好…
在我升小6的那時候，家裡還算滿和平的。
哥哥們…尤其一直守護著媽媽的二哥．實…
家人本來多多少少就會吵架，
不用在意。
似乎也放下心來了。

在我升上國中的那一年，
大哥・純考上了大學，
決定搬出去住。
純，恭喜你。
…廣世，妳也該開始準備升學考了。
比起那個，純，你之後會搬出去一個人住了吧？
那這間房間就會空出來，
應該可以給我用吧！
6－3 荒井
……咦～～～
我現在睡爸爸（那個人）房間，
他早上回來都會跟媽媽吵架，
我沒辦法好好睡覺。
ドタドタ…
スラッ
我回來了～
ビクッ
戰鬥 START
你以為現在幾點啦？
ガバ
……啊……對喔……
……抱歉，我都沒注意到。
……嗯！那我的房間，妳就拿去用吧！
失去了自己的房間和歸屬的純…
露出了寂寞的笑容。
…要是爸爸又施暴，你們就逃來我這裡吧！
嗯…
純竟然會說出這麼溫柔的話，好難得…

自從我有了自己的房間之後，
自己一個人在房間時，我怕爸爸會喝酒醉闖進來打人，
所以在房門上掛了一個鈴鐺，
鏗啷
這樣我就可以馬上從窗戶逃走。
再來只要穿著鞋子睡覺就行了！
我是小3時回到這個家的…
4年了……
4年來都沒辦法好好睡覺。
我終於…
可以安心睡覺了。
在那之後2年，實也考上了大學，準備搬出家裡。
這樣就可以讓媽媽放心了~~~！
我終於做到了!!!
他的反應跟純完全相反，臉上表情看起來非常開朗。
你選了一間好遠的大學。
不選遠一點，感覺他們不會讓我搬出去住啊！

不過如果爸爸又施暴，就跟媽媽逃來我這裡吧！
嗯！
不過最近爸爸都沒施暴了…可能他年紀也大了，應該不會再打人了吧！
哈哈！
接著，輪到我該決定未來出路了。
有一天，爸爸突然把我叫了過去。
我不會讓妳去念高中的。
我可沒有打算把錢花在一個女人的身上。
ドーン
可是哥哥他們都念到大學了耶!?
為什麼!!!??
ピクッ
反正中學畢業也是可以去找些包住宿的工作。
…話說回來…
妳的身體已經發育得差不多了吧？

站住！
ダッ
妳以為…
妳是用誰的錢才能長這麼大的？
バンッ
喂！
說不出口。
可以逃來我這裡。
爸爸竟然禽獸不如到這種地步，這種事情……
哥哥…
妳的身體是我的！
快開門!!!
沒辦法對任何人說！
不能去找你們…
找死啊！

怎麼了？
開門！去你媽的混蛋!!
…媽媽！
超市
怎麼辦？我該怎麼說？
我又不可能說出實話。
怎麼辦？怎麼辦？
啊…
喀嚓喀嚓
呃～嗯…
…爸爸說不讓我去念高…
…中。
唉—
…那個人真是的…
媽媽去幫妳說。
孩子的爸！
啊…
很危險的，媽媽小心。
你說不讓廣世去念高中是什麼意思？
我想叫媽媽小心，但沒說出口。
因為不管再危險，
能夠阻止爸爸（那個人）的，也只有媽媽了。
第6話 我身上流著父親的血

從那時候起，
我開始對媽媽很不耐煩，
煩躁
我會吃那麼多苦，
還不是因為媽媽
選擇了那種人。
煩躁
煩躁
嗚…
我居然去怪罪一個
願意為我而戰的人，
我實在是太差勁了…
嗚～嗚～…
但同時又充滿了愧疚，
搞得我腦袋一團亂。
廣世，
ガチャ
媽…
媽…
不管要付出什麼代價，
媽媽都會讓妳去念高中的。
雖然我知道
那是她對我的愛，
但對我來說太沉重了。
媽媽一定…
會保護廣世的。
因為…
ギュウ…

我覺得像我這種人，沒有資格得到這種愛。
有什麼事要馬上告訴媽媽。
這讓我覺得超不舒服的。
我不像哥哥們頭腦那麼好，
重點是我直到剛剛都還在心裡怪媽媽…
之後在媽媽的幫忙下，爸爸終於答應讓我升學，於是我在國三的夏天靠推甄被錄取了。
能夠安心的時間很短暫，
我上體育課時，腳骨折了。
結果我就在進高中前，住院了3個月。
這段期間可以逃離母親的愛和父親的威脅，讓我心情放鬆不少，
後來雖然可以出院了，但走路還是有困難。
媽媽說會送我上下學…可是其他時間還是很難行動。
○×中學
荒井
我先把頭髮剪得很短，消除身上所有女性特質。

基本上我都盡量待在媽媽身邊。
封印了以往緊繃不已的氣場
洗澡時會開著蓮蓬頭的熱水，
武器
用浴缸裡的熱水洗完身體就趕快出去。
故意把房間弄亂，這樣爸爸進來時，我就可以聽到聲音。
隨時穿著牛仔褲，以防我的衣服馬上被脫掉。
脖子上掛著哨子，坐著睡覺。
無法大喊時，呼叫媽媽用的。
…要是把武器放在這裡的話，
萬一有什麼情況，我一定無法阻止自己。
我一點都不在乎爸爸的死活，
可是一想到媽媽、哥哥和我的人生會因此而完全改變，我就覺得不能這樣做。
我每天過著自我防衛的日子，直到有一天。
嘟嚕嚕嚕……
嘟嚕嚕嚕……
媽媽，我們放學了。
麻煩妳過來接我。
啊！廣世？妳爸爸正好在學校附近，他說要代替我去接妳。
ブロロロ…
…咦？

ブロロロロ…
為什麼我要
搭上車…
可是不上車，
就沒辦法回家…
廢物回收
ギッ
在這種完全沒有人
會經過的田間小路
停車…？
還在樹蔭下…
有問題…
抓
給我脫！
我跳進
滿是淤泥的…
水溝裡。
どぼんっ
妳他媽在搞什麼
東西啊？
臭小鬼，
死一死算了！
去你媽的
混帳！
ブロロロロロ…

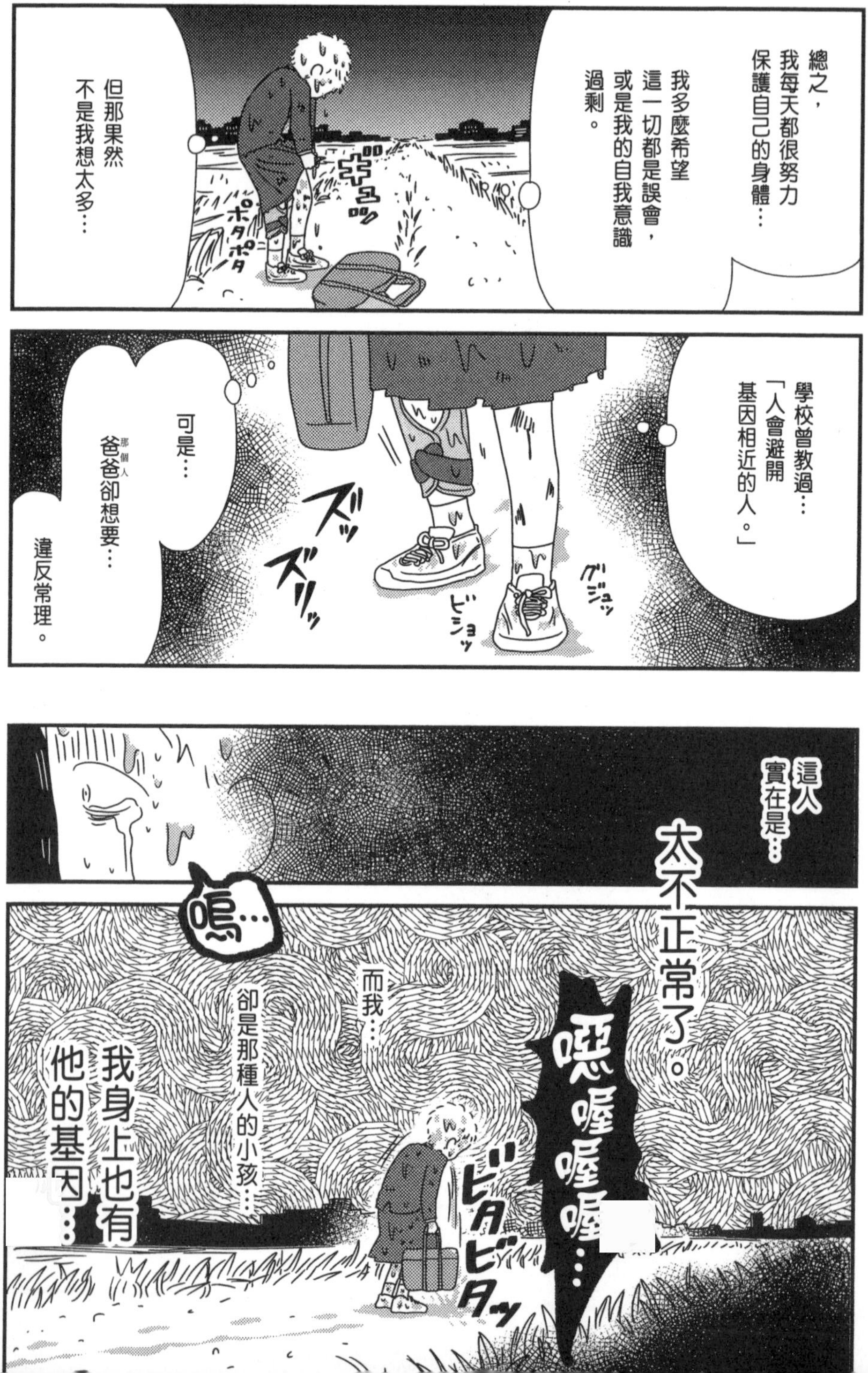

總之，我每天都很努力保護自己的身體⋯
我多麼希望這一切都是誤會，或是我的自我意識過剩。
ポタポタ
但那果然不是我想太多⋯
學校曾教過⋯「人會避開基因相近的人。」
グジュッ
ビショッ
ズッ
ズリッ
可是⋯
那個人
爸爸卻想要⋯
違反常理。
這人實在是⋯
太不正常了。
嗚⋯
嗯喔喔喔⋯
ビタビタッ
而我⋯
卻是那種人的小孩⋯
我身上也有他的基因⋯

第3章 離家之後

MY FATHER,
ABUSING ME A LOT,
HAS DIED
AT LAST.

我想盡了辦法保護自己，終於在20歲那年逃出爸爸家，而在那半年之後……
我喜歡妳。
……對不起……
耶斯!!
這樣一來我就攻陷第50個男人了！
哇啊啊…
我又再一次墜入了無底深淵。
我瘋狂追求著愛的告白，不斷對男人送秋波。
看到自己爸媽這樣，
都結婚了，他們為什麼還要吵架？
讓我完全無法相信愛情。
而就在5年前，發生了一件讓我變成現在這樣的事情。
那是在我國中的時候。
身邊同學都開始愛漂亮愛打扮，只有我過得很散漫。
每個人都花枝招展的，噁心死了。
呀啊
呀啊
我當時覺得這些人讓我作噁，於是我交不到半個朋友，就被孤立了。

廣世，
隔壁班的○○
說他喜歡妳耶！
妳就去
見見他嘛！
呀——
呀——
咦…？
瞄…
被別人喜歡上
這件事情…
帶給了我一股
無比的快感。
在那之前，
當我想跟媽媽說話時，
都怕她會發脾氣而不敢說。
至於爸爸…
則只會對我施暴。
我跟同學沒有
共同話題，
也無法信任
其他大人。

他人的好感會讓我覺得…
好像出現一道光照亮了生活在陰暗之處的自己。
為了追求這種快感，我開始和人交往，但又因為我對於人的好意太過飢渴…
我容易把對方逼得太緊，
你喜歡我哪裡？
你願意為了我死嗎？
你願意一直跟我在一起嗎？
最後理所當然地就被甩了。
來告白的是你耶！
憑什麼最後是老娘被甩!?
我開始惱羞成怒，
男人這種東西…!!!
談戀愛會讓人忘記討厭的事情…
被告白的時候感覺也很爽。
但還是任由自己沉浸在戀愛的快感裡。

我對快感的渴望變得越來越病態，
漸漸地，
我開始會去勾引一些…
會對我言聽計從的男人。
這讓我誤以為自己可以把很多男人玩弄於股掌間，
我怎麼那麼厲害～～
產生出一種扭曲的自信。
這樣的自信甚至延伸到了工作方面。
本店的目標是全國銷量第一！
本店有賣布丁！
為此，我還到處去學習了什麼是服務業…
滔滔
滔滔
滔滔不絕
所以我是最專業的！妳們要學學我怎麼招呼客人，懂嗎？
不但態度很高傲…

當看到有人犯錯而心情低落，
沒事沒事，總會有辦法的。
明天要賣的布丁1個都沒有耶!?
哇！
不要說那種風涼話！
因為這種小事就哭哭啼啼，是有多玻璃心！
唉…
就會瞧不起他們。
就算同事找我分享他們的境遇，
其實我…
咦…！
我的內心…
拜託，明明是我比較慘。
唉ー！！
也只是沉浸在莫名的優越感裡。

我的這種想法似乎也全顯現在態度上，
當然，就被孤立了。
サッ
看到大家這種態度…
我每次都加班幫妳們忙，
還會安慰工作能力差的人，
妳們在那邊講無聊話時，也會靜靜地聽妳們說。
我的內心實在無法接受，
ギギギ
ギギ
但我很不想被孤立，
於是又用了錯誤的方法去討好別人，
要吃糖果嗎~~~？
現在還在工作，不能吃啦！
ヘラ ヘラ
對方這樣的回應明明很正常，
我還是覺得自己慘遭拒絕。
イラ イラ イラ イラ
我明明就對妳那麼好！
就算換工作，也一直發生同樣的事，我每天都怨天尤人。
都沒有人願意理解我。
大姊，有空嗎？
於是我又再度…
…嗯！有空啊！
追求起那些虛有其表的愛情，來增添自己那個已經扭曲的自信。

第8話 一切都是父親的錯

雖然我只能藉由不斷被男性討好來建立自身的自信，
今天零收穫…
可惡！
但我並不孤獨。
ガチャ
我回來了。
我搬出那個家後，
室友 小天
妳回來啦？
我們先開喝囉～
室友 小司
遇到了兩個很棒的室友。
因為我自己一個人獨處的時候，
我讓媽媽一個人留在爸爸家裡。
就會被拋下媽媽的罪惡感籠罩，
呼－！
呼－！…
萬一被爸爸找到這個地方…
ドキ
ドキ
ドキ
ドキ
ドキ
ドキ
緊握
再加上內心充滿對爸爸的恐懼感，於是我就搬到了朋友家。

但我又很怕害這兩個人被牽扯進來，
這件事有點難以啟齒…
所以搬進來時，我跟他們說了我家的事。
根本不是人！
怒吼！
怎麼會有這種爸爸！
看到他們為我出氣，讓我著實嚇了一跳。
我本來很怕他們會覺得既然父親有問題，
那有血緣關係的我也是。
我怕會被別人唸，
妳自己也有活該被罵的地方吧？
世上本來就沒有完美的人。
趕快長大吧！
一直很怕說出來之後反而會變得更悲慘，所以從來沒跟任何人講過我爸的事。
…妳一定過得很痛苦吧？
可是他們卻溫暖地接納我了。
…嗯！
這是我從來都沒想過的事。

然而，那份喜悅卻讓我得意忘形。
我開始每天照三餐跟他們講起我家裡的事。
3個月後──
那個…
不好意思喔…這些事我已經差不多聽膩了。
我知道妳之前過得很苦，可是妳現在不是已經搬出來了嗎？
儘管如此，卻還一天到晚發牢騷…
ぐわっ!!
…因為我真的被傷得很重啊！
為什麼你們不懂我!?
如果廣世妳現在有好好生活，那還說得過去，可是…
カチッ
妳每次換工作都只會怪別人，沒有男生來追妳，妳就會沒自信。
カチン
妳這樣不正常喔！
…小天，我之前說的話，妳都沒在聽嗎？

原來我並不是想要他們「對我好」，只是想要他們「任我放縱」而已。
有那種老爸，誰正常得了啊！
小天妳這個王八蛋!! 小司也討厭!!
又開始了啊!
怎麼可以一直怪我?
ドン
ドーンッ
我當時還不知道不對在哪，只是一被唸就會覺得被拒絕，而忍不住大發脾氣。
我們沒有在怪妳，只是很擔心妳。
…咦?
呼—
呼—
對了，我以前也曾經擔心媽媽，跟她說過那種話…
媽媽，妳回來這個家之後就變得好奇怪。
媽媽那時也是發飆說我在怪她…
那個時候的媽媽看起來真的很不正常。

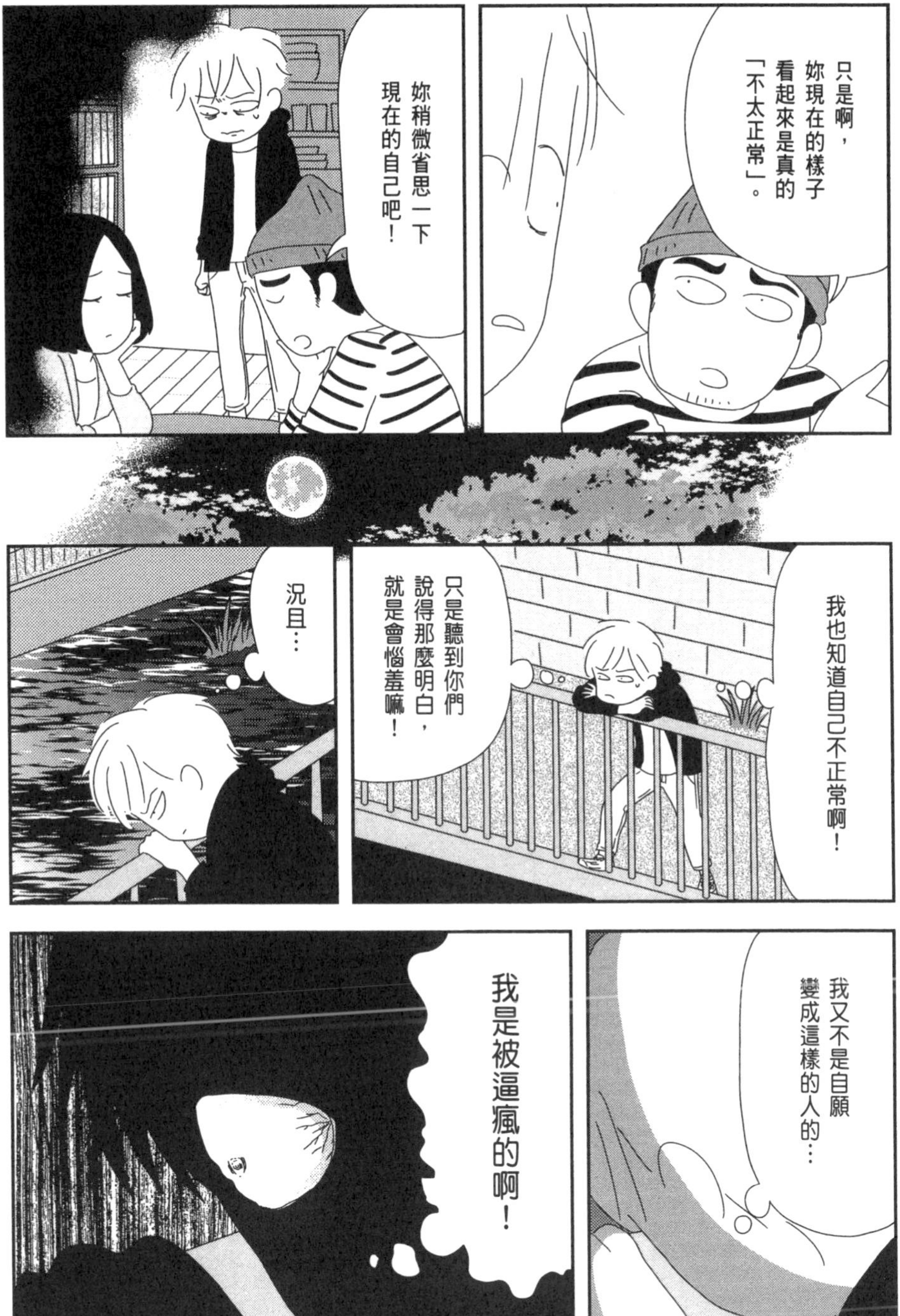
只是啊，
妳現在的樣子
看起來是真的
「不太正常」。
妳稍微省思一下
現在的自己吧！
我也知道自己不正常啊！
只是聽到你們
說得那麼明白，
就是會惱羞嘛！
況且…
我又不是自願
變成這樣的人的…
我是被逼瘋的啊！

我會變成這樣
都是爸爸（那傢伙）害的！
卻還要我來負責，太不合理了吧？
開什麼玩笑！
為什麼每次都是我遇到這種事？
ぐっ
我越是知道自己的扭曲，
就覺得越憎恨。
可是我又不想被爸爸（那傢伙）綑綁住。
ギリギリギリ
我要變得更強……
我怎麼可以又再一次被爸爸（那傢伙）傷害!!
恨意帶給我更強大的意志力，
卻也加強了我對父親的執著，讓我陷入更長久的痛苦當中。

想要變強，就要先有足以一個人活下去的能力，
不管發生什麼事，我都不能再回去那個家，
首要之務就是錢。
於是我開始存錢。
BANK
存款的數字，
50萬
100萬
彷彿代表我跟老家的距離，看到上面數字越高，我就越有安全感。
直到有一天…
RRR
…媽媽？怎麼了？發生什麼事了？
妳爺爺過世了…
妳會回來參加葬禮吧？
我對爺爺(臭老頭)根本沒半點好印象。
去了還得跟老爸(那個人)見面…
好不想去…
可是我如果不去的話，
連葬禮都不來露個臉，妳是怎麼教小孩的！
媽媽可能會被打…
我不能長大了還給媽媽添麻煩。
…難道妳不來嗎？
…沒有，我會去。
於是我相隔3年再度回到那個家。

守夜當天。
嗚喔喔喔喔~
為什麼每次都要讓我那麼難過……
老爸…嗚嗚~
嗚 嗚 嗚嗚…
不能快點結束嗎——
我變成孤零零一個人了…！
嗚 嗚 嗚 嗚…
奶奶6年前就走了，爸爸現在已經沒有可以靠的「爸媽」了。
一個人？
嗚… 嗚…
雖然我的確不把爸爸當家人看待，可是…
嗚……
你明明…還是…
我爸吧？
孩子的爸，妳不覺得廣世長大後可以當畫家嗎？
啊？
她又拿到金賞了~
靠畫畫能吃飯嗎？這種事只有一小撮人辦得到——
イラァ…
ぐりっ
憑妳啊…我看算了吧！
從不稱讚我的專長，我會變成現在這樣，都是你這種老爸害的…

爸爸根本沒把他自己建立的家庭放在眼裡，
這點讓我莫名火大。
イライラ イライラ イライラ
對了，之前奶奶過世時，老爸失落了好一陣子…
連對我都不感興趣了。
這次爸爸應該也會變衰弱才對…
難不成這是我報仇的好機會…？
以前都靠他養我，讓我有種欠他的感覺…
現在我可以靠自己生活了，沒什麼好愧疚了。
這次我應該就可以暢所欲言，
把他逼到絕境！
就算你向我道歉，我也不會原諒你的！
等著瞧吧！我要唸到你體無完膚！
我看準只有我們兩個人的時機，準備去跟他一決勝負。
…好！來囉！
那個…
ドキ ドキ ドキ ドキ ドキ
…我一段時間沒回來了，家裡怎麼變這樣？太破爛了吧…？
……咦？
ドキ ドキドキ ドキ

※怦咚

※滔滔不絕

媽…媽媽說 水龍頭出水怪怪的……
…為什麼 我在跟他講 媽媽的事？
…你可以為了媽媽 想辦法整修一下嗎？
ドキ
…媽媽一直 過得很辛苦。
「你還有一群曾被你 傷害得很慘的孩子們， 你又不是一個人。」
ドキ ペラ
我希望你能 洗心革面， 好好對待媽媽。
「不過我要跟你斷絕關係， 如你所願，讓你自己一人孤老死去。」
我想講的話一直 講不出口！
媽媽明明跟 我內心想的事無關， 我卻不斷拿媽媽的事 指責爸爸。
ペラ
媽媽她……
妳有完沒完啊？
你又要打我!?
停住
像以前一樣!?
嘿嘿…
當爸爸 準備要對我 出手時，
…來啊!!
這樣我就可以 拿醫院的診斷書去報警！
來啊，在我身上 留下證據啊！
終於說出口了！ 我要一口氣說個夠！
ドキ

我以前一直被你…
唔…
妳竟然敢用這種口氣跟老子講話!
ぐいっ
別以為這樣就可以算了!
どすどすどす
唔啊!
像妳這種賤貨…
根本就不該…
どぼん
ガボガボ
ガボ
バシャ
噗啊!
バシャッ
咳咳!
出生在這世上!
咳咳!
バシャ

把養妳的錢給我還來！
咳咳！
咳咳！
呼！
咳咳咳咳！
呼！
呼！
咳咳！
…多少？
啊啊!?
咳咳！
呼…
…要還你多少…
呼…
呼…
咳咳！
你…
你才會跟我斷絕關係？
呼…
要是說出口好像會更慘！
200萬。
バッ
妳他媽的跑去唸高中，害老子多花錢。
ギュッ
一個娘們還敢出去學些奇怪的招數回來！
ぐりっ
給我道歉！妳這下三濫、臭娘們！
對不起！
我逃離那裡之後，把我拚命存的200萬匯給了他。
我在心裡暗暗地想著…
「還好我有先存一筆錢。」

第10話「不是我的錯」

被爸爸施暴之後，
我回家看到
自己身上，
竟然只有
小小的瘀青而已。
都是因為我
把要去報警
說出來吧……
除了對自己感到無力，
也覺得老爸
真的有夠卑鄙的。
爸爸故意用這種
不會留下證據的
方法……
我離職之後，
連澡都不洗，
ピコ
ピコ
ピュン
ピュン
整天顧著打電動。
我沒跟同住室友說明細節，
但他們似乎
都察覺了我的異狀，
暫時放任我墮落。
這時我決定
去找哥哥們……
之前去參加
爺爺葬禮時，
我突然想到，
我們差不多……
該來談談荒井家的
未來了吧？

畢竟以後爸媽生病、照護和葬禮都需要用錢，花費會變多。
…的確該好好考慮了。
咦？
等一下。
你們這樣說感覺是以後還要照顧爸爸(那傢伙)。
我才不要咧!!
…如果沒有爸爸供我去念大學，我也無法做現在這份工作。
…雖然發生過很多事，但還是覺得該好好照顧他…
我懂，
要不是這份恩情，我早就不管他了…
我對他的恨比恩情多太多了，我才不要照顧他！
不幫忙照顧老爸，連媽媽都會一起完蛋，這樣不行吧？
基於對母親的罪惡感，
好啦…
我們決定每個人每個月各自存5千日圓當儲備金。
…對了，純，我可以問你之前把自己關在房間裡的原因嗎？
…是不是爸爸(那傢伙)對你做了什麼？
其實…純以前曾經把自己關在房間裡4年過。

以前我們不是曾經開車逃到親戚家過嗎？那個時候媽媽滿臉鮮血…
大家一起去死吧！
在我眼前這樣說。
那時我怕得要命，但我又想到自己必須要保護你們兩個才行，
只能拼命地安撫媽媽。
後來每當要睡覺時，我就會想起那時候的事，
好幾年都沒辦法好好入睡——
大家一起去死吧
可能是已經緊繃到了極限，才突然想要好好休息吧！
我一直以為你只是想偷懶而已…原來你當時被逼得那麼慘…
…嗯——大概啦，我自己也不太確定。
對不起…
等一下，媽媽那時候沒有滿臉鮮血吧？
……其實我…好像有記憶障礙。
很多記憶會東漏西漏或是混在一起。
啊哈哈～
你那是PTSD※吧？
去打仗過的人會得的那種。
沒有——不是那個。

※創傷後壓力症候群：經歷過強烈刺激引發創傷，導致生活機能受到影響的精神疾病。

大哥看過老爸
最暴力的模樣，
媽媽要帶大家去自殺時，
你是小3吧？
小孩子怎麼可能
承受得了那種壓力？
其實我也沒辦法熟睡。
住手啊！
去你媽的！
唔哇啊啊啊啊！
找死啊！
不要再打了！！
我一睡下去，
耳邊就會聽到尖叫聲和怒罵聲，
然後就會嚇醒。
我一直在想為什麼會這樣，
查了之後才發現那好像算是
一種PTSD的症狀。
哥，你搞不好也有。
實，
你的正義感很強，
小時候最常挨打⋯
我那時太遲鈍了⋯
都沒辦法幫忙大家，
對不起。
哥那時也被
逼得很緊啊！
沒事啦！
廣世，
妳呢？
我的話⋯
就是會睡不著，
或沒辦法睡。
原來大家都會
睡不著啊？
⋯是啊！
你們兩個都沒說過這些事，
我還以為只有我長大了
還活在童年的陰影裡。
現在知道不是
只有我在煩惱而已，
我就放心了。
哈哈！

哥哥們也被
爸爸或媽媽傷得很深…
也是啦…
可是哥哥他們…
我好像有記憶障礙。
查了之後才發現那好像算是一種PTSD的症狀。
都會去思考自己的傷是怎麼回事，
於是我也開始研究自己現在會活得那麼痛苦的原因。
然後發現，
受虐兒童通常都會有…
「不懂和他人之間的距離感」
「價值觀極端」
「尋求過度的讚賞和認同感」
「慣性說謊」
……以上這些問題。
我就是因為這些原因才沒辦法跟人好好相處的。
這不就是在講我嗎…

是嗎…
原來是我
有問題啊…
可是…
我的個性會
變成這樣…
又不是我
害的…
唔！
…不是
我的錯！
啊！
在我搬出那個家之前，
一直沒辦法靠自己的力量
去做些什麼，
原因當然都
出在老爸身上，
我幾乎沒有
做錯任何事，
所以只要一遇到不好的事，
我都會安慰自己說
「不是我的錯」。

可能就是這樣，害我不管遇到什麼事，
不是我的錯！
都會慣性這麼想…!!
我就是因為抱著這種想法出社會，
才會老是在人際關係上觸礁…
我想改變只會想「不是我的錯」的自己…

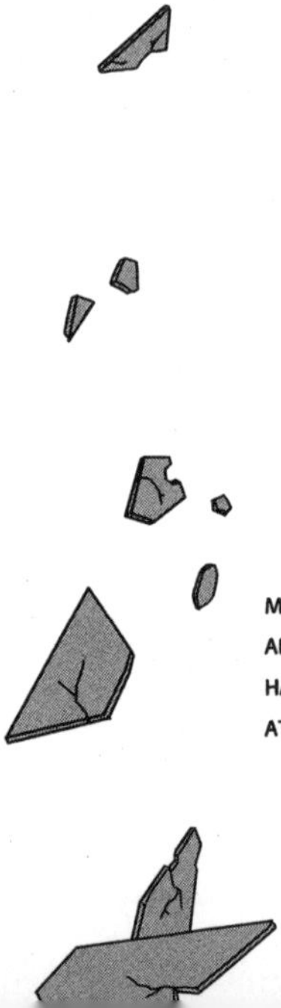
MY FATHER,
ABUSING ME A LOT,
HAS DIED
AT LAST.

第4章 自己建立的家庭

MY FATHER,
ABUSING ME A LOT,
HAS DIED
AT LAST.

第11話 男友依戀症

24歲時，我跟以前就認識的朋友三澤先生開始交往了。
三澤先生
SUSHI
過去交往的人都會因為我的依附體質而離我而去，
憑什麼我要被拋棄？我又沒做錯什麼！
我往往會反過來怪對方。
可是這一年來，我一直努力改正動不動就覺得「又不是我的錯」的想法。
一起去吃飯吧——
我可不會再重蹈覆轍了喔！
加上我們原本就是朋友，所以也曾聊過很多事情。
人客來坐
吃這間吧——
居酒屋
沖繩料理
營業中
他選擇我的時候，應該早就了解我的個性了。
我也稍微跟他提過家裡的事。
我們的薪水等級也差不多，所以不必看彼此臉色，可以站在對等立場。
來點海葡萄吧——
但是一碼歸一碼，我還是得確認他的心意到底是真是假才行。
約會當天
我要來測試他對我的愛！

故意比約好的時間晚很多才到！
還是3小時。
對不起啦！我太忙了~
看他會有什麼反應？
對不起，妳這麼忙還把妳約出來…妳會不會累？
哇啊啊啊啊啊啊…
咦？
正常來說不是會直接生氣或開罵嗎？
他還反過來擔心我！
我喜歡你！
這個人的愛是真的！
ガシィッ
咦？怎麼了？
光是這樣我就完全地信任他了。我們交往1個月後，我搬進了他家裡。
我做了蛋包飯…
ぐしゃあ…
但有點失敗…
對不起…你應該是吃不下去吧…？
不會啊！很好吃喔！
…我喜歡你！
ガシィッ
於是我就這樣沉浸在他接納我的喜悅當中。

從那之後，早上一起來…
你可以說出3個你喜歡我的地方嗎？
上班前我會請他給我愛的力量!!!
白天…
你願意為我而死嗎？
晚上…
你願意永遠跟我在一起嗎？
呵呵呵…
啊哈哈！
呵呵呵呵…
我這樣不就又再走回頭路了嗎？
我到底是在幹什麼啊！白痴!!
我得再冷靜點才行！
我問他這麼多次「你喜歡我嗎？」應該讓他覺得很累吧？
…他看起來真的好累。
……
…可是只是被問個幾次喜不喜歡而已，不至於會累成這樣吧？
啊！
還是他其實沒那麼喜歡我…？

在不安的籠罩之下，我開始為了成為他喜歡的女性而犧牲奉獻。
我把家裡打掃得乾乾淨淨，讓你可以盡情放鬆！
呵呵呵呵！
呵呵呵呵！
我都這麼努力了，我煮了你喜歡吃的東西喔～
滷內臟～♡
他應該有更加喜歡我了吧？快點對我說句「只要有妳在，我就不需要任何人了！」
好吃嗎？
很好吃，謝謝妳。
還有很多，可以再添喔！
可是他的臉色看起來還是一樣很疲倦。
到底還差什麼？我還有哪裡做不好？
還是他想說我整個人都不好？
ザワ
ザワ
ザワ
我的存在…
ザワ
ザワ
ザワ
讓他覺得很困擾嗎？
ゾワッ
我還是不行嗎？大概又會被甩了吧…那至少要在被甩掉之前…
再來一碗。

微笑
他都這麼一臉疲倦了，還是願意對我笑。
其他人都不會這樣對我！
他果然還是跟那些離我而去的人完全不一樣。
我不該懷疑他，我應該要相信他的！
可是，另一方面…
都跟他說馬桶蓋要放下來了，他還是沒放！
他會忘記我說的話，代表他果然還是不愛我嗎…？
ザワ
ザワ
ザワ
生活中的各種小細節，都會讓我聯想到他對我的愛。
之後只要一點小事，我就會大發脾氣。
我拜託你買牛奶回來，你怎麼還會忘記？
不想買的話，拜託你時就該拒絕啊！
唔哇啊啊啊!!
對…對不起！
道歉唔哇啊啊啦啦
警察哇啊啊啊啊啊!!
（道歉就能解決的話，要警察幹嘛！）

虧我這麼相信你！
這些心情都化為泡影了啦！
你要怎麼賠我？
呃……我有做什麼會讓妳失望成這樣的事嗎……
！
反正你就是不會懂！
我必須克服遭受背叛的恐懼，全心全意相信你，你知道這有多累嗎？
我不管你了！
バタン
你為什麼不追上來？
你如果愛我，就給我安全感嘛！不要讓我那麼不安～！
哇啊啊啊啊啊啊啊啊啊啊啊
……
我也知道自己很有問題，但我已經不知道應該怎麼辦才好了。

第12話 想學會自立

交往3個月後——他對我的情緒不穩定感到相當疲倦，
我們要不要稍微保持點距離？
於是向我提了分手。
你果然根本就從來沒有愛過我！
雖然我強力斥責他，
我是愛妳的，可是再這樣下去，我怕我會開始討厭妳。
不要討厭我！
我就那樣哭著求了他2個小時。
不要離開我，留在我身邊，拜託。
嗚嗚！
我喜歡你，最喜歡你了。
嗚！
嗚嗚…
啊啊啊啊啊啊呀嚕嚕嚕嚕嘎
……妳為什麼要對我那麼執著呢？
嗚嗚…
嗚嗚…
因為喜歡你啊…就這樣而已啊…
那就請妳…
更相信我一點。

我會努力！
我一定會努力的！
求求你不要跟我分手…！
只是我不知道能不能馬上做到…
……嗯…
我相信妳。
我跟他當朋友時，都相處得還不錯，
本來以為交往起來可以更輕鬆對等的。
…可是一旦成了男女朋友，就會忍不住向他撒嬌。
咦？怎麼？生氣了？
我做了什麼壞事嗎？
啊！還是他想要跟我談分手？
ドキドキ
啊！
抱歉，嚇到妳了，我剛剛手滑了一下，發出好大聲響。
我從來沒想到我們居然…
啊——嗯！沒事啦，真的！
ホッ…
會過得那麼緊張。

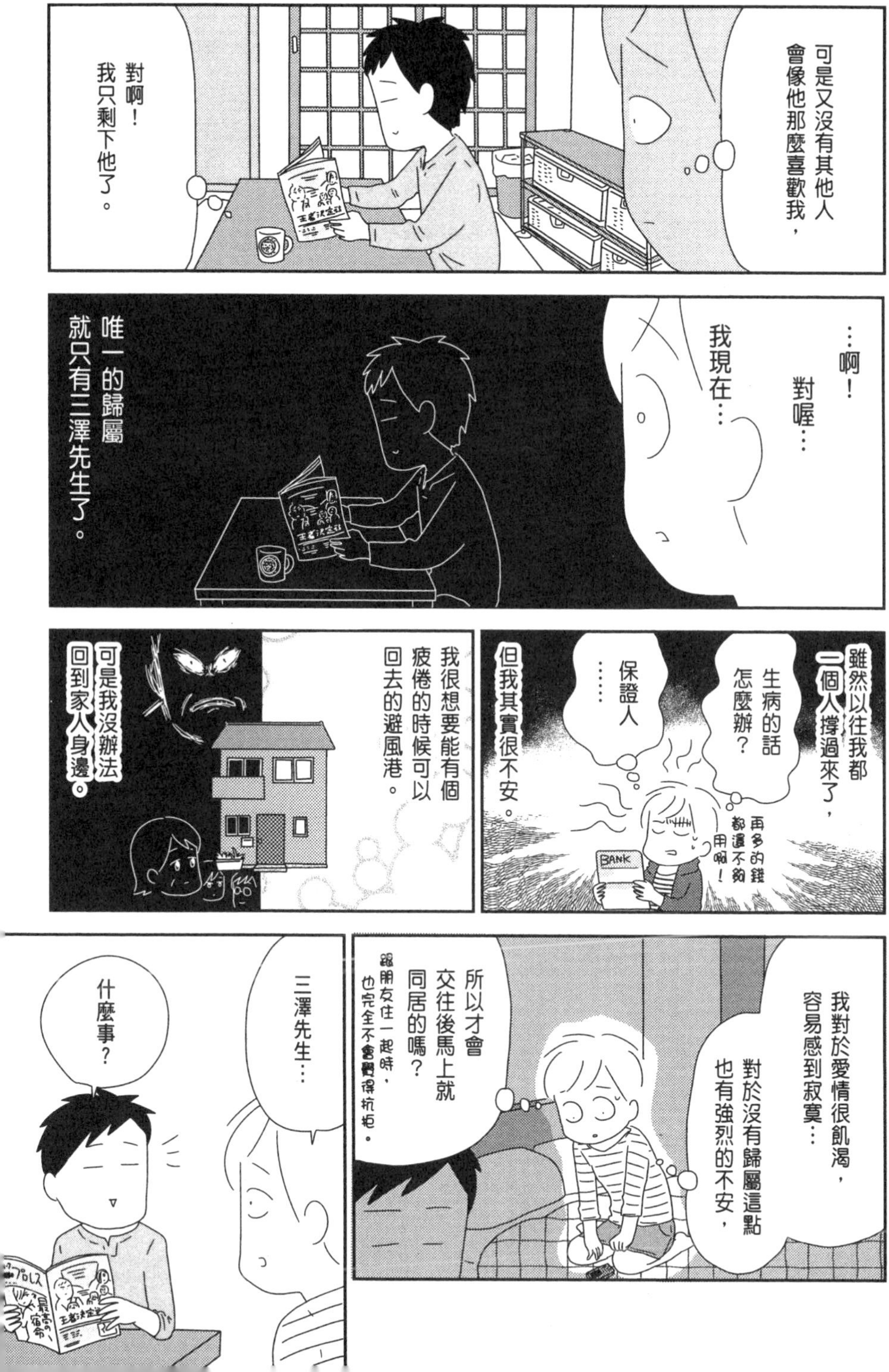
可是又沒有其他人
會像他那麼喜歡我，
對啊！
我只剩下他了。
…啊！
對喔…
我現在…
唯一的歸屬
就只有三澤先生了。
雖然以往我都
一個人撐過來了，
生病的話
怎麼辦？
保證人
……
再多的錢
都還不夠
用啊！
BANK
但我其實很不安。
我很想要能有個
疲倦的時候可以
回去的避風港。
可是我沒辦法
回到家人身邊。
我對於愛情很飢渴，
容易感到寂寞…
對於沒有歸屬這點
也有強烈的不安，
所以才會
交往後馬上就
同居的嗎？
跟朋友住一起時，
也完全不會覺得抗拒。
三澤先生…
什麼事？

我…
一直以為…不管怎麼樣的我都全盤接納才叫愛我，
但我好像搞錯了。
所以才會想要試探你的心情，還不分場合地向你撒嬌。
…嗯，是啊。
對不起…
可是…
可是什麼？
可是我還是想繼續向你撒嬌，繼續賴在你身邊！
咦？
バッ
我知道這會讓你困擾！
真的很對不起!!!
可是…那個…我想說的不是要你以後繼續讓我撒嬌…
ドキ
ドキ
ドキ

而是覺得只要我能夠建立起自信，內心能夠獨立的話，應該就不會再懷疑你的心意了。
可是…！
我現在還沒從容到…能培養出那種自信，
我希望你能扶持這樣的我…！
ドキドキ
ドキドキ
捏
我知道現在說這種話已經很任性了…
但我不想再繼續任性下去了！
所以，希望你能告訴我，你能容許的撒嬌範圍！
ドキ
ドキ
啊——!!!
好怕他的反應…！
但這就是我真正的想法…！
ドキドキ
ドキ
啊啊～原來如此，只要不要太不合理的就可以啊。
唔哇啊啊！
謝謝你，我會加油的!!!
首先，我要做的事情就是經濟獨立，
只要能夠靠自己賺錢，
就不會像媽媽一樣，被經濟狀況綁住。
雖然我有工作，但感覺還是不太夠。
我把生活中必要的費用寫出來。
房租和水電瓦斯費…
還有…
嗯…
我一直覺得錢不夠用，
原因可能出在拿太多錢去存了。
收入的2/3都拿去存起來。
!

我一直很怕我要是沒有存款，哪天有什麼事就會被迫搬回娘家，
所以一直節制過度，把自己弄得很不安。
對不起，我一直以來都太摳了。
咦？我覺得妳這樣很節儉，很了不起耶！
了不起!?
咦～～
原來他是這麼想的嗎!?
喔——原來如此——每個人都有不同的感受方式。
「他應該會這樣覺得吧？」
我每次都亂猜測對方的想法，把自己搞得很不安，原來都是在白費力氣…
喔～～…

第13話 結婚、懷孕

從那之後，
我今天工作超累，可以慰勞我一下嗎？
辛苦妳了。
我會把我的「期待」說出來告訴他。
我…我想要再恩愛一點的感覺！
雖然我之前覺得「你應該要讓我相信你」、「你不應該讓我不安」，
乖～妳好棒。
但所謂信任和安全感，是要自己去建立、守護的東西。
謝謝你，我超高興的。
我終於發現了理所當然的事情。
「無家可歸的不安」並未完全消失，
但當我知道安心的歸屬可以靠自己打造出來時，我就不再那麼不安了。
到了我26歲時，我們終於要結婚了。
這個時代都不需要拘泥於婚禮或聘禮，真棒！
三澤先生的母親也願意諒解我們!!
…小荒，妳真的這樣就好嗎？

女生不是都很嚮往結婚典禮嗎…
…這個嘛…要說不嚮往是騙人的，
而且我其實很想讓我媽媽看我穿新娘禮服…
…但是不行啦！
如果舉辦婚禮，勢必要叫我爸也一起來。
這麼重要的日子，我可不希望過得心驚膽跳的。
抱怨
碎念
抱怨
牢騷
牢騷
既然無法舉辦我心目中的婚禮，那還不如不要辦。
…可是什麼都不說就入籍，好像不太好…？
三澤先生可能會被誤會，媽媽可能也會挨罵…！
還是去打聲招呼就好…
唉…
我知道了。
但我還是很不想要回到之前那個家去。
於是我們就選在附近的咖啡廳報告我們要結婚的消息。
這裡沒賣酒，而且也有他人的目光。
喫茶 SWAN
Coffee
Coffee

快點講完就
快點回去吧！
就照我們講好的那樣……!!!
好。
ドキドキドキ
好友不見了~
小廣！
雖然我每個星期
都會跟媽媽通電話，
但上次跟爸媽見面
已經是3年前了。
我最近很忙…
所以都只打電話…
對不…起！
シャキッ
ドキドキドキ
緊張到一直
結巴…！
點…點個
飲料吧！
咖啡可以嗎？
孩子的爸，
點咖啡
可以嗎？
可以！
ドキドキ
バッ
menu
慘了，
不知道該
講些什麼。
ドキドキドキ
ドキドキドキドキ
妳還好嗎？
悄聲
啊！
對、對了！
我要介紹三澤先生
給你們認識！
啊！
這位就是我的
結婚對象，
三澤先生。
點頭
他在講話的時候，
我也一直保持警戒。
要是發生什麼事，
就立刻逃走！
ソワソワ

啊！好的好的！恭喜你們！小女就麻煩你多照顧了！
只是在我面前的，並不是我認識的那個爸爸。
我可以抽根菸嗎？
咦？竟然還會特地徵求同意？
請。
不好意思，謝謝啦！
結果前後不到10分鐘，爸爸就離席了。
碎念
牢騷
真是的，爸爸在外面就是這麼會裝…
抱怨
唉～…
其實是個差勁的人…
然後媽媽開始發起牢騷，於是我們就散會了。
ゴトン
ガタン
…之前好像有聽過，爸爸在家人以外的人面前都是個「好人」。
學校老師
你爸爸很親切。
你爸爸很優秀～
鄰居
他一定是想留給別人好印象吧…
就好像以前的我一樣…

之後我也去問候了三澤先生的母親，
過幾天雙方母親也碰了面。
原本就跟他媽媽很熟
在入籍資料備齊之時，媽媽突然打電話給我。
媽媽覺得妳還是不要跟三澤先生結婚比較好…
會有婆媳問題…照護問題…
…咦？
媽媽委婉地批評了他的母親跟他的學經歷。
廣世，我是為了妳好才這麼說的。
…可是之前不是都已經談好了嗎？
怎能現在說不結就不結…
喔……是嗎？
那你之後就不要說什麼「早知道我就該聽媽媽說的話」，
然後自己在那邊後悔！
ピリ
ピリ
但要是有什麼事，都能來找媽媽商量，媽媽會保護妳的。
為什麼要對我說這種話？還把我當老么看嗎？
…不對，現在已經不是那種時代了！
萬一有什麼事，那也是我們自己的問題！
唉…
就算她再怎麼擔心，也太誇張了吧…
可是人家說結婚是兩家人的事情…
モヤ。

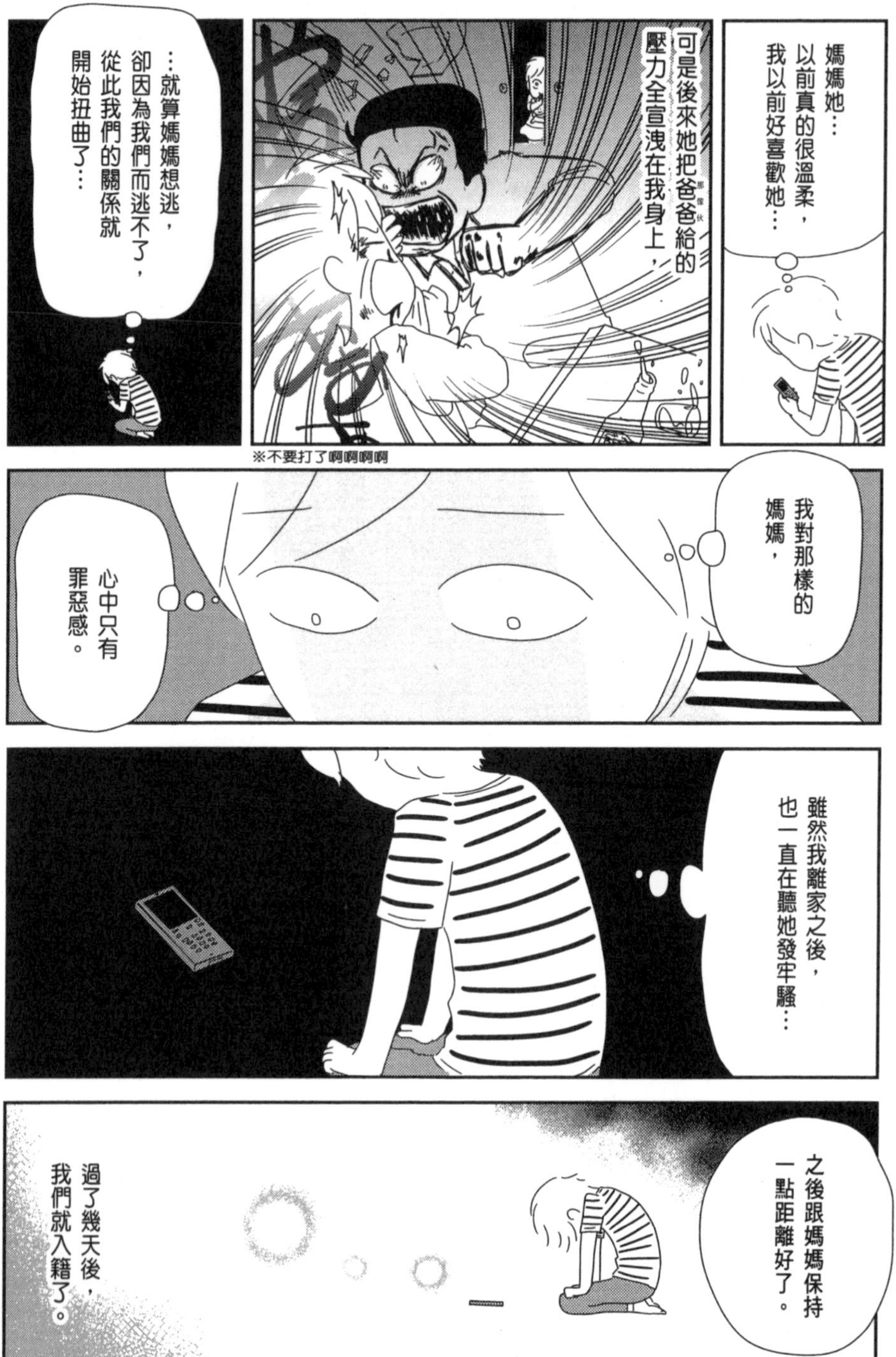
媽媽她…
以前真的很溫柔，
我以前好喜歡她…
可是後來她把爸爸給的
壓力全宣洩在我身上，
那傢伙
…就算媽媽想逃，
卻因為我們而逃不了，
從此我們的關係就
開始扭曲了…
※不要打了啊啊啊啊
我對那樣的
媽媽，
心中只有
罪惡感。
雖然我離家之後，
也一直在聽她發牢騷…
之後跟媽媽保持
一點距離好了。
過了幾天後，
我們就入籍了。

媽媽之後有段時間還會打電話來，
但自從長男夫婦生小孩後，她忙著去幫忙照顧小孩，就沒再跟我聯絡了。
但我能放鬆的時間非常短暫，
完全沒有老爸的情報，讓我覺得很沒安全感。
雖然他從來沒來過我公司或家裡找我，但又不知道他在想什麼…
是我想太多…？
誰知道他什麼時候會失控…
可是…
不對…
嗯……
不行！
在因為過度煩惱，情緒變得不安穩前，先來做點什麼吧！
為了以防萬一，我先去找了警察…
還有律師商量。
還去可以諮詢各種煩惱的婦女中心協會當志工，這時候我才知道…
下回的本子「婦女中心協會在家暴中扮演的角色」
原來這個世界上…

※每個社區的服務項目各有不同（男性也可前往諮詢）。

還是有可以依靠的地方…
得知有這麼多支援的管道和選項之後，
我終於可以安心度日了。
去上班嗎？
是的！
然後，我在29歲時懷孕，
剛結婚的時候，我一直很擔心自己不知道能不能成為好母親，
但後來覺得…可以跟我老公一起努力。
ポコ
他剛剛是不是踢我了…？
雖然害喜很痛苦，但我比想像中還要愛這個孩子，連我自己都很驚訝。
這麼有精神，真是太好了。
哈
摸
摸
不管是怎樣的孩子，我都要好好撫養他長大。
我一定要成為一個好母親。
可是…
…好母親…？
我憎恨著自己的父母，這樣的我能成為一個好母親嗎…？
我還沒得出答案，孩子就出生了。

第5章 父親死前的日子

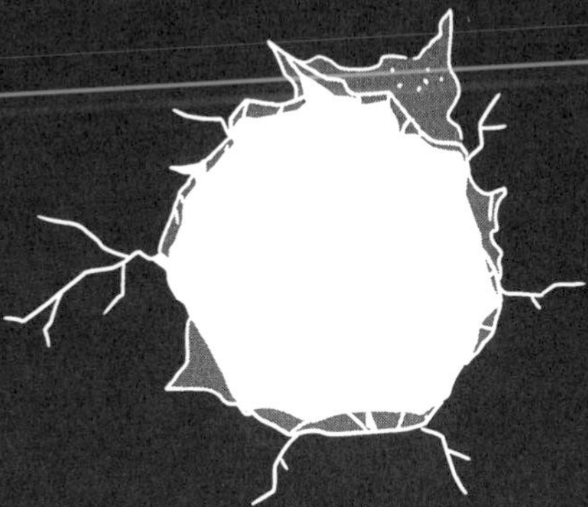

MY FATHER,
ABUSING ME A LOT,
HAS DIED
AT LAST.

第14話 命不久矣的父親

因為生了小孩的關係，我睽違3年打電話給媽媽。
妳爸爸得癌症住院了。
現在聲帶割掉，只能筆談。
喔…
我得知爸爸已經活不久，
所以我現在沒辦法去看妳…
啊…沒關係啦！抱歉，這麼忙的時候還麻煩媽媽，不要
還有一件更重要的事…
以及這個驚人消息。
他好像有情婦。
!?
媽媽的怒氣太可怕了，我只好找哥哥們出來開會。
她一直在大吼大叫…
他都有我了還敢這樣，我絕對絕對要讓他們分手。
我要告死他們!!!
是喔，好，我知道了。
妳先冷靜下來…
我好不容易才安撫好她…
唉～…
要讓他們分手，代表媽媽不打算離婚吧…
…嗯，大概…
但不管怎樣，我們都得幫幫媽媽才行。
呃…我已經不想再管他們了。
可是我們什麼都不做的話，媽媽說不定會崩潰…！
這樣我們心裡會更不舒服吧？

最後我們決定分攤不同事情。
我來照顧媽媽和管理爸爸住院的事。
我來研究繼承相關的事。
…那我去找那個情婦，看能不能跟她談判。
之後我們三兄妹一起去醫院看爸爸。
我們三兄妹會一起解決家裡的問題的。
爸，如果你不協助實跟廣世，我就保護不了你了。
我不在的時候，也要配合他們。
知道了嗎？
純重重地叮嚀爸爸。
告訴我你所有資產。
告訴我那個女人的所有事情。
哥哥趁爸爸生病衰弱時對他施加壓力，爸爸可能打擊太大，於是乖乖照做。
我從網路上調查了從爸爸那問出的情報。
今天是尾牙!!
A・辛苦了~!!
姓名 年齡
工作的地方
職業類別
手機號碼
馬上就找到了可能是情婦的對象。
要是找錯就慘了。
先去跟老爸(那傢伙)確認一下好了…
…醫院人多，他現在又那麼瘦弱，
…嗯！我自己去應該就行了。
我把孩子交給婆婆照顧就出門了。

我迅速向他確認完後，
就到病房旁邊的休息室去休息，
這時突然一陣騷動。
護理站
喀嗟！
哇啊—
荒井先生——你怎麼了——？
咦？老爸？
是爸爸陷入了譫妄狀態。
啊！妳是荒井先生的女兒吧？
フラフラ
※暫時性的意識障礙。
啊、是。
可以幫忙安撫妳父親嗎？
這樣他說不定會冷靜下來…
咦？不，我辦不到。
咦？
…你們不是父女嗎？不要那麼冷淡嘛！
好嗎？
他是妳爸爸吧？

微笑！
我不要，對不起。
先走了。
ダッ
媽的！
妳那是什麼眼神？
妳就這麼想找死嗎!?
ビクッ
ハッ
ガクッ
那個時候的我，不知是不是產後賀爾蒙影響，經常夢到爸爸。
呼…
呼…
明明這幾年都沒事的…
只要一有什麼事，他又會冒出來嗎？

雖然很不想承認，
但父母的影響力真的很大。
只要父母傷害孩子，孩子就會痛苦一輩子。
我不能讓自己兒子也遭遇這種事，
我絕對不會虐待他…
我一定要當個好媽媽。
我開始逼自己「非做好不可」。
我爸近10年來都在情婦家過夜，早上才會回來。
我媽媽想跟那個情婦申請撫恤金，並要求他跟我爸分開。
律師事務所
你們有任何外遇證明嗎？
只有我爸的證詞，手機裡的資料都被他刪除了。
我有錄音、錄影和書面資料。
我找律師商量對付情婦的方法。
他們有金錢上的往來嗎？
我爸好像每個月會給對方10萬日圓。
嗯——

照這樣聽起來，令尊跟令堂的婚姻關係早就出現問題，
就算申請撫恤金，能申請到的金額可能也不多…
將近10年放任自己丈夫早上才回來…這點可能會被視為令堂接受這件事。
非常抱歉，這樣看起來勝算非常低，我無法接這個案子。
令堂不該容忍令尊的態度這麼久的…
於是我們三兄妹又出來開會了。
雖然找到情婦了，但好像沒辦法用法律制裁她…我想跟大家一起討論該怎麼辦？
家庭餐廳
可是，如果讓老媽去見那個情婦…
搞不好會有人受傷…
不，搞不好不是那樣就能了事…
我們應該阻止不了老媽吧？
雖然這樣有點像在暗算對方…
但是把那個情婦約出來，我們三個人自己去跟她做個了結應該是最好的方法。
也是…
雖然他們是我們爸媽，但這畢竟是夫妻間的問題，這時我們還沒注意到，我們其實已經介入太多了。

第15話 家暴循環

我們把情婦叫到爸爸住的醫院來。
妳是〇〇小姐吧？
我們是荒井的孩子…
院內餐廳
我就單刀直入跟妳說了，
請妳跟我父親分手。
若是妳不同意，
我們打算訴諸法律。
她的嘴角看起來似乎想說什麼，
但最終保持沉默，
…知道了。
她答應得比我們想像中的還要乾脆。
不久後爸爸就回家療養，並定期回診治療。
我還是很擔心媽媽…
但他們似乎過得比我想像中得還要好。
昨天我跟妳爸去兜風了♡
是約會!! 約會喔!!
喔……那真是…太好了…

老實說，老媽不肯跟老爸離婚，我在想是不是因為「女人的尊嚴」…
她不是因為真的喜歡老爸才不分的嗎…？
…沒差了啦！既然他們現在能這麼要好，真希望他們從以前就這樣。
…唉…是啊…
…可是，我只要媽媽現在過得開心就好。
…嗯！
我每個星期會去確認一次她的平安。
父親的情婦問題就這樣告一段落後，我們回到了各自的生活。
話說回來，我的育嬰生活…
嗚哇哇～
嗚哇～～
嗚哇～
乖乖——你怎麼啦——？
小孩剛出生時，我還能溫柔地對待他，
嗚哇～
乖寶寶～乖～乖喔～
嗚哇～
嗚哇～
但隨著日子增長，孩子的哭聲越來越大，
イライラ
這個臭小鬼…到底想要哭到什麼時候…！
我的耐心逐漸到了極限。
イライラ

※嗚哇啊啊！

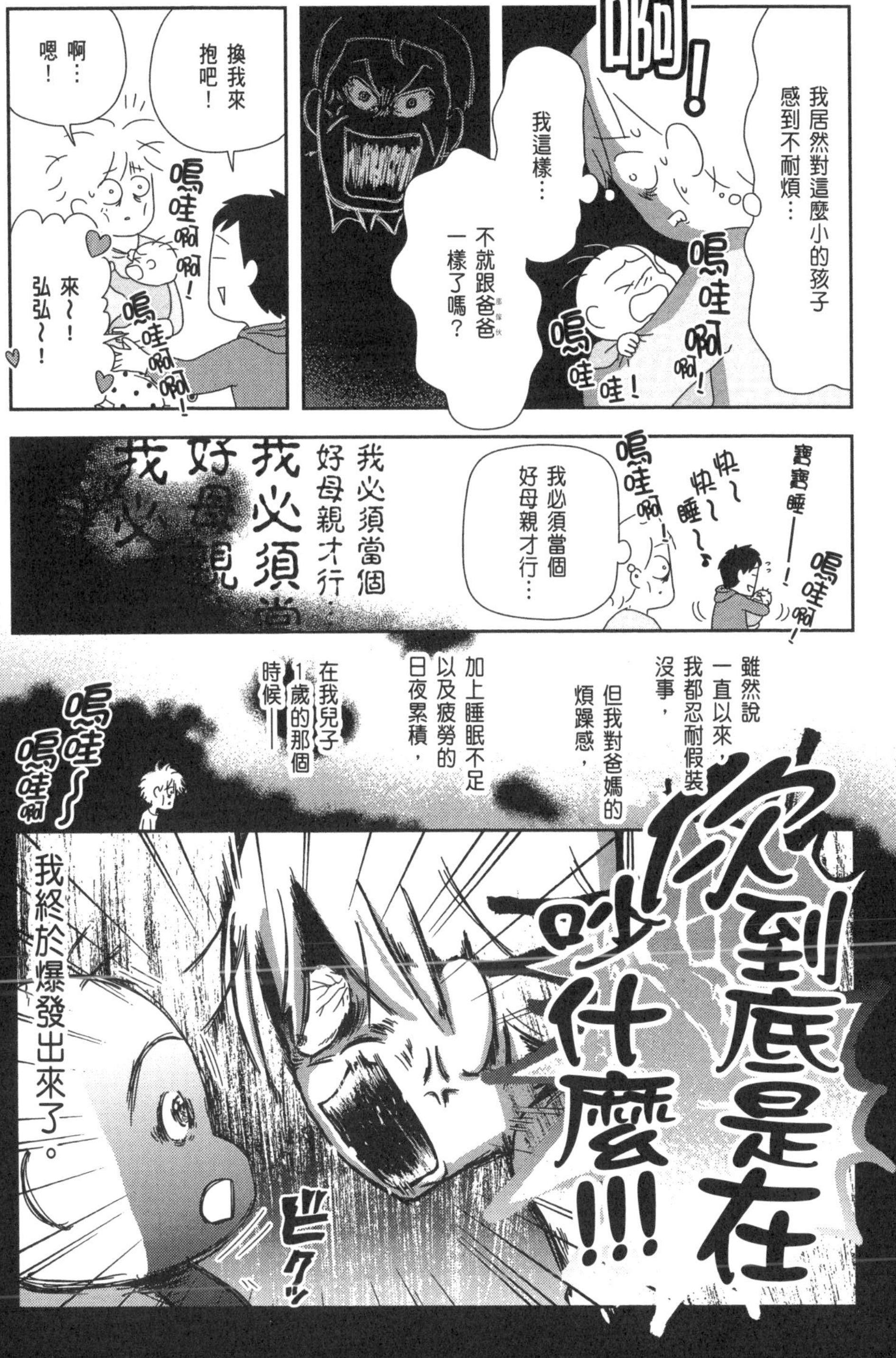
啊呵!
我居然對這麼小的孩子感到不耐煩…
嗚哇啊啊!
嗚哇哇!
我這樣…不就跟爸爸(那傢伙)一樣了嗎？
換我來抱吧!
啊…嗯!
嗚哇啊啊!
嗚哇啊啊!
來~!弘弘~!
寶寶睡——!
快~快~睡~♪
嗚哇啊!
嗚哇啊!
我必須當個好母親才行…
我必須當個好母親才行…
我必須當好母親
雖然說一直以來，我都忍耐假裝沒事，
但我對爸媽的煩躁感，
加上睡眠不足以及疲勞的日夜累積，
在我兒子1歲的那個時候——
嗚哇~嗚哇啊
你到底是在吵什麼!!!
我終於爆發出來了。
ビクッ

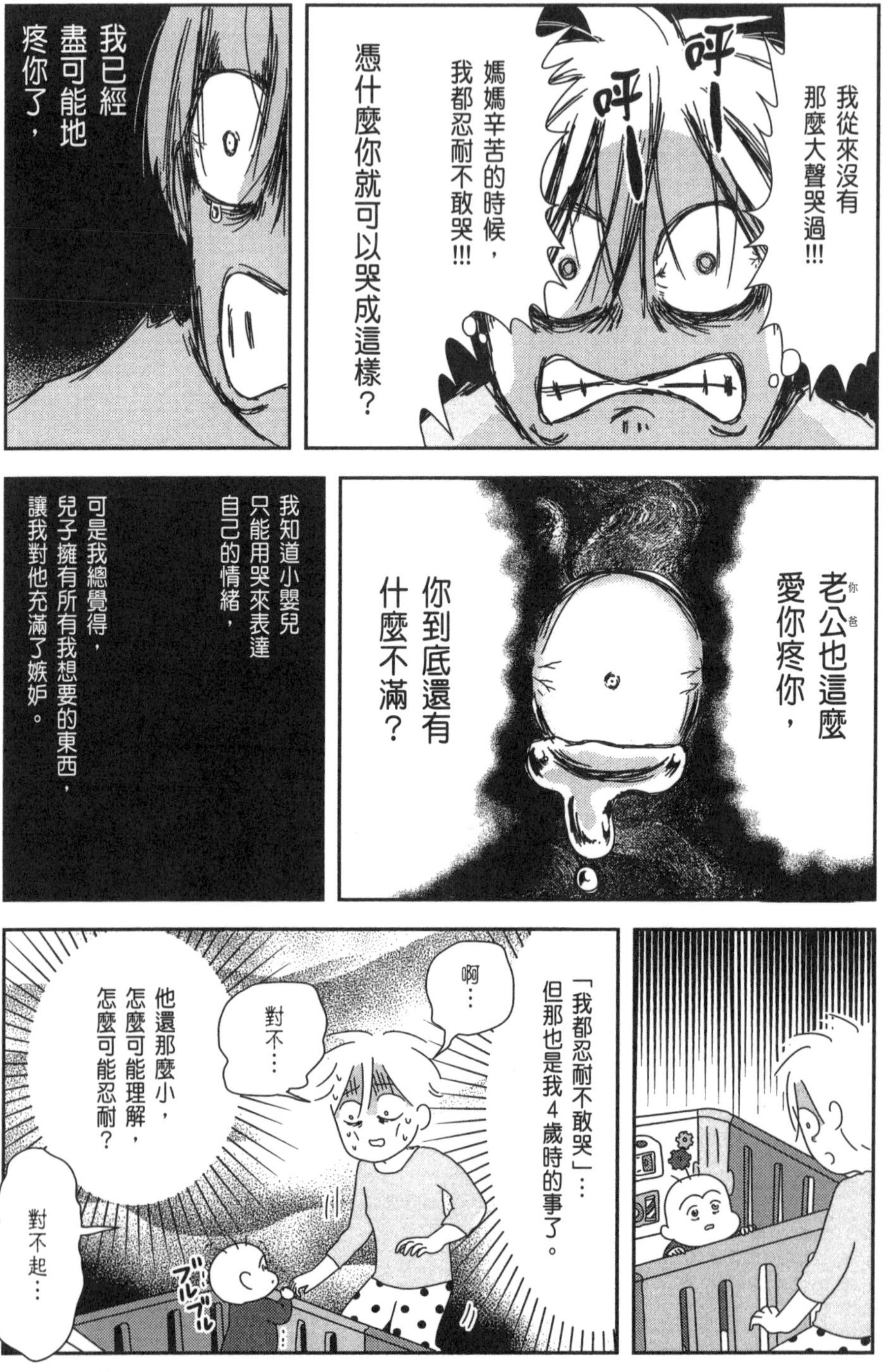
我從來沒有那麼大聲哭過!!!
呼!呼!
媽媽辛苦的時候，我都忍耐不敢哭!!!
憑什麼你就可以哭成這樣？
我已經盡可能地疼你了，
老公(你爸)也這麼愛你疼你，
你到底還有什麼不滿？
我知道小嬰兒只能用哭來表達自己的情緒，
可是我總覺得，兒子擁有所有我想要的東西，讓我對他充滿了嫉妒。
「我都忍耐不敢哭」…但那也是我4歲時的事了。
啊…
對不…
他還那麼小，怎麼可能理解，怎麼可能忍耐？
對不起…
ブルブル

※嗚哇啊啊啊啊
我竟然無視孩子的心情與成長，只因為嫉妒就怒罵他…
對不起…
我這種人不配當母親。
但我現在又不能說不當就不當。
我開始想逃離現實，
啊…傳訊息來了。
差點想去外面找男人。
這樣下去…
我真的…
會跟爸爸(那傢伙)一樣…
變成人渣、敗類。
但我實在不想變成他的同類，於是打消念頭。
就在某一天，我在看老爸之前外遇的相關文件時，
嗯？這什麼？
我發現一張老爸親手寫的筆記。
我的這一生，到底都算什麼東西
從小爸媽就要我一定成為堅強的男人，
只要我一哭出來就會挨揍，還會潑我水
我一直忍耐堅強地活
上面提到爸爸小時候也曾受虐過的事情…

當時的他每天過著無人理解、空虛、難受的日子⋯⋯
我還很自私、任性的那段時期，也有過相同的想法⋯⋯
遇到母親後，本來以為終於找到能夠安心的歸宿，
但兩人老是吵架，讓他覺得很傷心。
簡直就跟我和三澤先生剛開始交往的時候一樣⋯⋯
同時，他恨著⋯⋯只因為身為「女生」，
就能被媽媽、哥哥保護，就算大哭也總能被原諒的我。
⋯我也會嫉妒兒子⋯⋯覺得他有時候看起來⋯⋯
很可恨。
⋯原來爸爸以前也不被自己的父母所愛嗎？
我開始體會到，我們一家都陷入了「家暴循環」，
我們是用這種扭曲的情感在聯繫彼此，
但卻都沒有人願意自行逃脫、離開這個牽絆。

爸爸住返醫院治療癌症持續1年後又再度住院。
孩子的爸，我來了。
ユサ
ユサ
快、起、來～！
孩子的爸——
他大概有一個星期陷入昏迷。
那時媽媽跟我們說…
唉…
你們去跟那個情婦談過之後，
那個人就趁媽媽不在時跑來醫院大吵大鬧，
我可沒聽說你小孩會跑來找我！
無可奈何，我們才改成在家療養的。
咦？原來有這種事情啊？
我以為是你們兩個自己想要回家的…
如果可以在醫院安靜療養，
妳爸現在說不定還好好的…
ジロリ
都是你們多管閒事…
她不斷攻擊我們…
孩子的爸，我不要你死掉～！
最喜歡你了呀～～！
ガバッ
…回去了啦！
情緒非常不穩定。
第16話 孩子無法選擇父母

OX醫院
之後媽媽變得比之前還要愛說話。
媽媽我啊…
在7個兄弟姊妹中排行老二，爸媽都不太管我…
我從那時就一直很想要有自己的「家庭」。
雖然成功擁有了夢想中的家庭，
但在你們幾個出生後，我的人生又開始轉變了！
老爸做的是自營業，時間不規律、收入也不穩定，始終無法好好建立理想中的家庭。
你爸一天到晚去應酬、跑業務、喝酒，
我一直跟他說，再開間不同的公司不就好了？
畢竟有小孩了啊!!!
甚至煩躁到會一直做一些很無理的要求——媽媽很冷靜地講著這些話。
…只是我們在成為夫妻之前，也是一對情人…
我知道他只要不喝酒，就是個有點笨拙卻很溫柔的人。
另外，我又發現…
我實在討厭不了他。
……
ギュッ
媽媽比我想像的還更「女人」。

タン
トン
這就是常聽到的
家暴夫妻會有的
共依存症嗎？
還是因為對方是
自己選擇的人，
才繼續容忍…
不管怎麼說，
我們三兄妹為了媽媽
做了那麼多事，
沒想到卻造成
反效果。
唉…
媽媽為了
撫養我們長大，
犧牲了自己，
ガタン
我們一直覺得…
多少想幫她
一點忙…
ゴトン
本來以為終於
可以實現了…
或許是因為
心懷愧疚的關係，
等我發現自己
一直都對母親
醜惡的那一面
視而不見，
已經是更之後的事了。

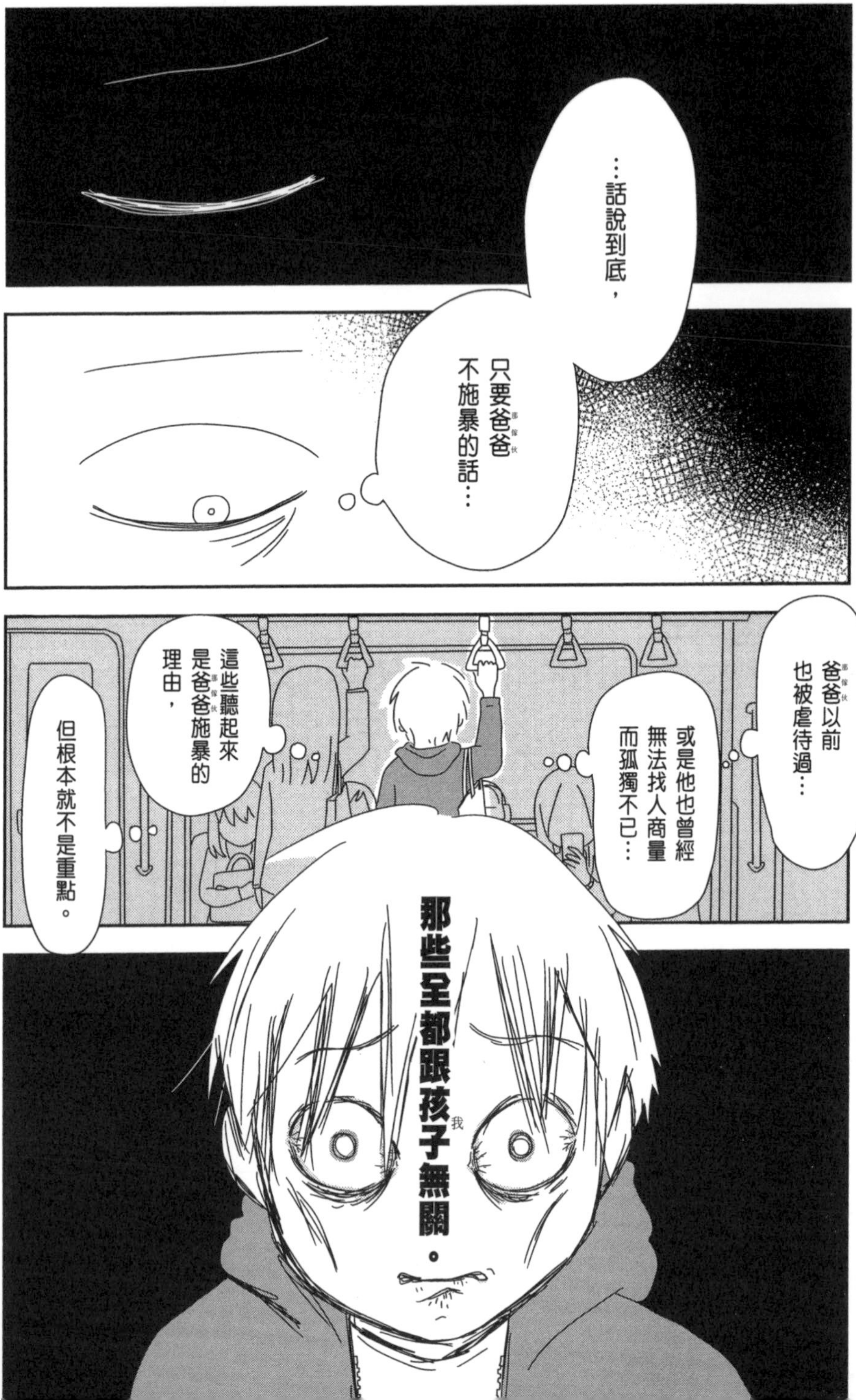
…話說到底，
只要爸爸不施暴的話…
爸爸以前也被虐待過…
或是他也曾經無法找人商量而孤獨不已…
這些聽起來是爸爸施暴的理由，
但根本就不是重點。
那些全都跟孩子無關。

他自己也很清楚
被父母凌虐的痛苦，
還重蹈覆轍…
他根本…
眼中只有自己！
說什麼「這就是
我的人生」，
老是戴著
受害者面具！
明明自己總藉由
喝酒和女人逃避，
苟且偷生，
簡直笑死人了！

小孩又沒辦法選擇父母，
就算父母再過分、可怕，也沒地方可逃啊！可惡！
啊嗚～
啊！
我現在也為人父母了…
嗚啊——!!
嗚啊——!!!
就在前一陣子，
我也開始會對這麼小的孩子動怒。
我明明知道這種沒來由的怒意是多麼可怕的事，
卻還是無法阻止自己。
我發現自己正在被老爸…
拖進「那條路」的入口處。

第17話 父親的死是我的願望

對父親的憎恨、
對母親的罪惡感、
對自己小孩的嫉妒、
對喜歡無理遷怒他人的
自己的厭惡…
我無法承受自己心中
源源不絕的負面情緒，
在這個情況下我只能
靠瘋狂賺錢來獲得安全感，
於是我不眠不休地工作，
結果把自己
逼到絕境，
終於還是
累倒了。
老公很擔心我，
妳沒事
吧？
…沒事。
小暨…
但我又懶得把我的心情
一五一十告訴他，
只要再等一陣，
爸爸（那傢伙）就會死掉，
只要他死了，
問題就能解決了。
只要我
心有餘力，
一切就會
變輕鬆。
ズル
「父親的死」
已經成為了
我的希望。
沒事、
沒事。
他一定
會死的，
再忍一下下
就好。

一般來說，
這種想法真的很不應該，
但只要一想到「老爸快死了」，
我就會湧起一股力量。
好！我出門囉！
掰掰，
弘弘麻煩妳照顧了!!
雖然我一點都不想去醫院探望老爸，
但我還是會…
每個星期去2次醫院陪媽媽。
爸爸陷入昏迷狀態，又是在醫院，
我去一下廁所。
就算只有我們兩個人也不會有事。
只是有一天，
シュー…
シュー…
シュー…
父親的手突然…
ゆら
ゆら
伸向了空中。
我嚇得臉色發白，
ドキン!!
他無意識中伸出了手似乎想抓住什麼…
ゆら
ゆら…
ドキドキ
ドキ
那隻手看來好乾瘦…
好孤寂…
讓我忍不住想握住他。

但我的身體很老實……
ゾワッ
在那一瞬間拒絕去觸碰他。
我剛剛到底在幹嘛!?
我忘記爸爸對我做過什麼了嗎!?
雖然他現在沒意識，但他要是以為我握住他的手，就等於是原諒他了，那怎麼可以？
呼—…
呼—…
好…好危險～
另一方面，又覺得我居然連對將死之人也沒有一點同情心，覺得自己相當冷酷。
……
這讓我更痛苦。
我怕我之後又因為一時的同情心或是害怕自我厭惡，而把過去的自己拋在腦後，
這次我真的會徹底崩潰……
於是我決定再也不要見到父親虛弱或將死的樣子。
我最近比較忙，可能沒辦法去醫院了…
喔——是喔…

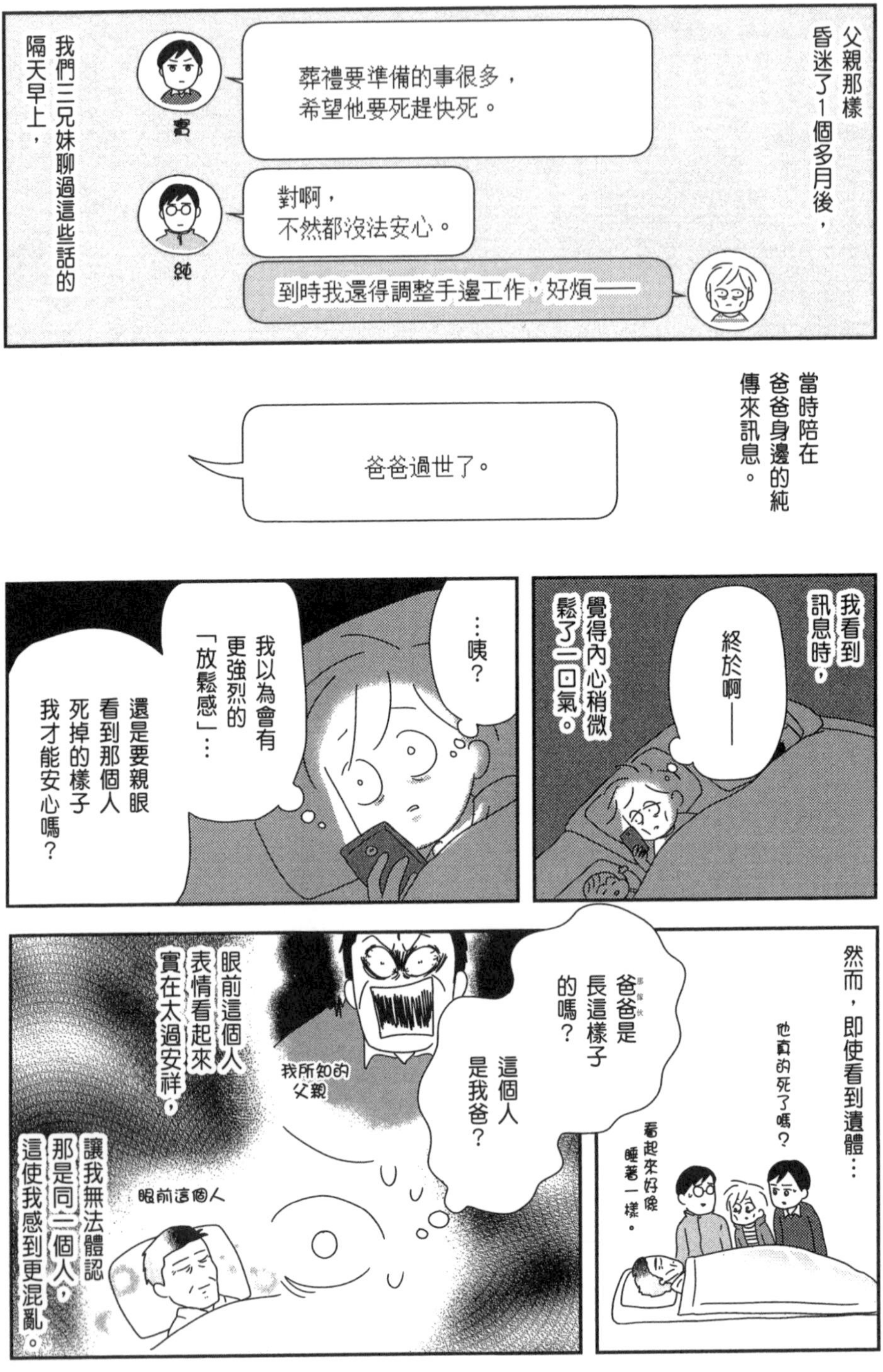

父親那樣昏迷了1個多月後，
葬禮要準備的事很多，希望他要死趕快死。
寛
對啊，不然都沒法安心。
純
到時我還得調整手邊工作，好煩——
我們三兄妹聊過這些話的隔天早上，
當時陪在爸爸身邊的純傳來訊息。
爸爸過世了。
我看到訊息時，
終於啊——
覺得內心稍微鬆了一口氣。
…咦？
我以為會有更強烈的「放鬆感」…
還是要親眼看到那個人死掉的樣子我才能安心嗎？
然而，即使看到遺體…
他真的死了嗎？
看起來好像睡著一樣。
爸爸是長這樣子的嗎？
這個人是我爸？
我所知的父親
眼前這個人
眼前這個人表情看起來實在太過安祥，讓我無法體認那是同一個人，這使我感到更混亂。

因母親強烈要求，我出席了葬禮。
來的只有工作往來的人和鄰居而已。
雖然只是一種形式，但每次聽到那些「哀悼」的話，
他是個好人…
這麼好的人就這樣走了…
哪有啊？開什麼玩笑？
我心頭都會湧起一股怒意。
這個人明明就是企圖侵犯女兒的禽獸，
現在沒人知道這件事就掛了，算你幸福是吧？
那個…
我想按下火葬的點火開關，
就好像是我讓他結束的…
我想要一種像是「我殺了他」這樣的感覺。
…那就大家一起按吧！
結果因為需要追加費用，我們就放棄了，但聽到哥哥們也一起吐露黑暗心聲，讓我覺得很安心。
還是選最便宜的方案吧…
不想再為他花更多錢…
沒辦法啊…
終於到了老爸要被推進火葬爐的那一刻。
不行！不要燒他！
他這樣真的會離開的！
之前一直默默哭泣的母親突然大叫起來。
媽！

不要啊！
媽…
不要啊啊啊！
請快點推進去。
好的！
…南～無～
ガラガラ
不行！
ガシッ
結果被媽媽這樣一鬧，
法～蓮～華～經～
不要啊啊！
南～無～
啊啊啊啊～
法～蓮～華～經～
點火時，我們根本沒時間去多想什麼。
直到面對遺骨時，
幾乎變成粉末了…
才終於有父親已死的真實感。
這樣他就絕對不會再活過來了吧…
嗯…
一切都結束了。
雖然我無法親手結束自己跟父親這令人憎恨的關係，但總算告一段落了。

第6章 父親不在了的世界

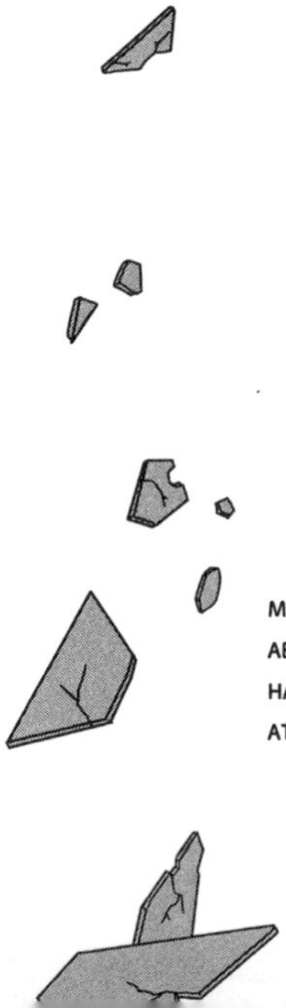
MY FATHER,
ABUSING ME A LOT,
HAS DIED
AT LAST.

第18話 我是渴望被愛的嗎？

儘管如此，
我一看到有點像爸爸的人，
驚！
…他已經不在了！
他早就死了！
那是別人！
呼～…
還是會被嚇到。
像爸爸的聲音
啊哈哈…
他都已經死了，
我到底在帕什麼啊！
連我自己都受不了自己。
就算恨意無法消失，
我以為至少恐懼不會再出現。
難道我一輩子
都要這樣…？
我不要！
我想要更確定
老爸他已經是
真的死了！
證明書
居民證 印鑑登錄證明書
戶籍謄本 戶籍抄本
所以還跑去
查看戶籍謄本，
確認老爸真的死了。
看吧，
他已經
死了，
他不在世界上了，
沒什麼好怕的…！

我就這樣掙扎了一段時間，老爸死後1個月，我終於能夠在晚上睡著了。
？
怎麼回事？
身體突然使不上力。
現在回想起來，可能只是我的身體比內心還要先接納老爸已經死掉的世界，所以呈現放鬆狀態而已。
難道這個是…
老爸（那傢伙）死掉的失落感…？
…再怎麼說他還是我爸，所以我有在難過…？
怎麼可能有那種事！
在我不斷反覆自問自答的時候，
這件事變成了導火線，
我開始作起父親躺在病床上時，我沒有握住他的手的夢。

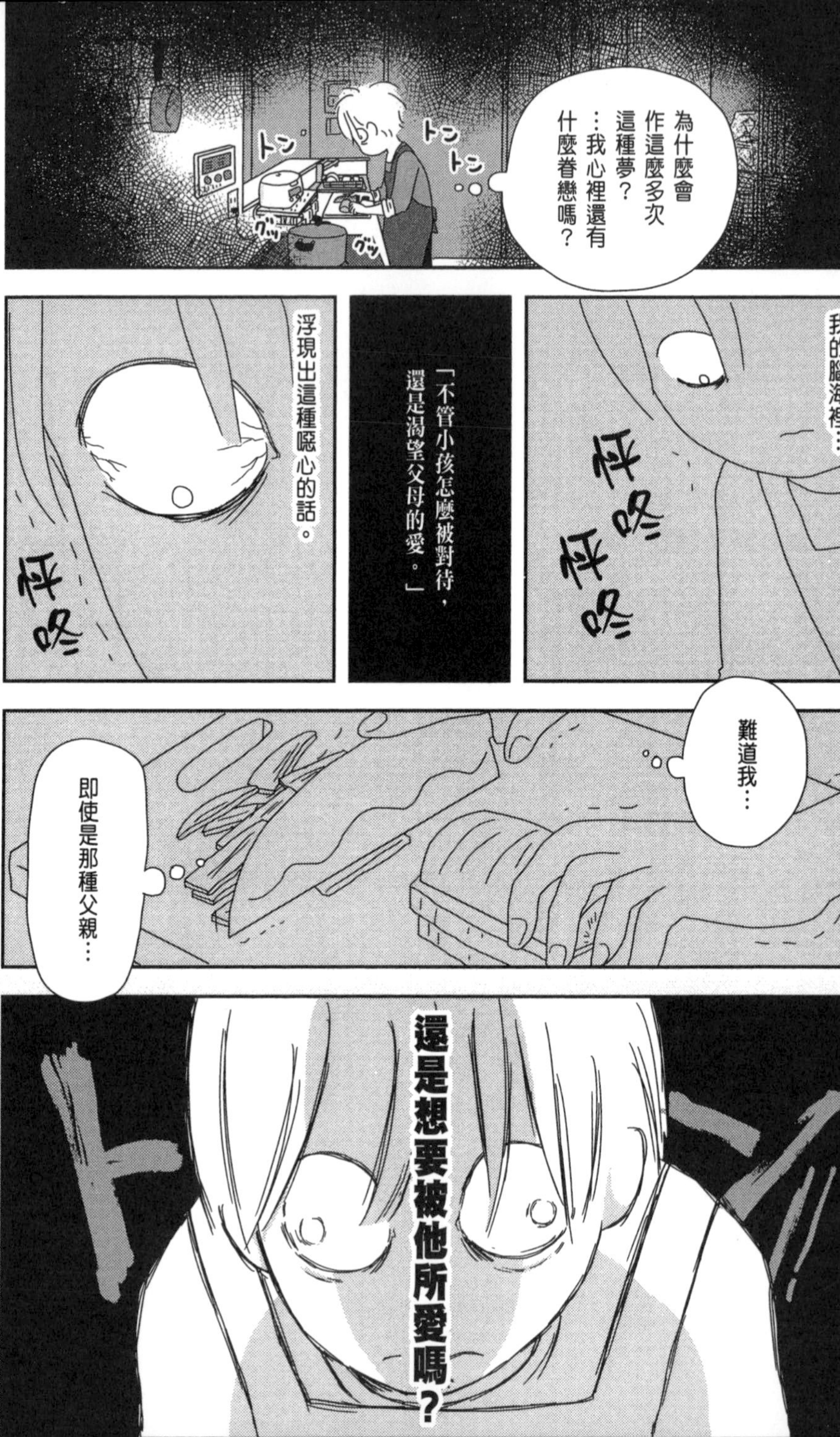

トン
トン
トン
グツ
グツ
為什麼會作這麼多次這種夢？…我心裡還有什麼眷戀嗎？
我的腦海裡…
砰咚
砰咚
「不管小孩怎麼被對待，還是渴望父母的愛。」
浮現出這種噁心的話。
砰咚
難道我…
即使是那種父親…
還是想要被他所愛嗎？
ドン

像那種
會打女兒的人？
那種可以
若無其事說出
「去死」、「找死啊」的人？
隨時可以要妳小命！
啊啊!?
要打了！
要打了啦！
200萬。
那種會跟自己的小孩
坑錢的人？
養妳的錢給我還來！
妳的身體已經
發育得差不多了吧？
妳的身體
是我的！
會用色情眼光
看待親生女兒
的人？
怎麼可能!!!
光是想到我的體內
流著爸爸的血液，
我就好想消失，
我還沒悲慘到…
會渴望那種
人渣的愛。

連我自己都知道
再這樣下去我一定會瘋掉，
於是我不斷地充實自己
跟家人在一起的時光，
想藉此振奮自己的心情。
去旅行吧——！
可是，不管去到哪裡，
不管做什麼事…
……
開心是開心，
但內心卻始終無法
獲得滿足。
我本來以為
可以感受到
更強烈的幸福感…？
我一直
在等待老爸
死掉的那一天，
可能期待
過了頭。
事實上並沒有想像中
那種強烈的解放感，
現在這個樣子
跟之前在過的生活
沒什麼兩樣啊！
那我又到底是
為了什麼忍耐
這麼久？
我只能自己在心中
感到失望和煩躁。

第19話 終於發現母親的心情

爸爸死後，我並沒有獲得想像中的解放感以及幸福感，每天都過得很煩躁。
弘弘交給你照顧了。
馬麻ノ
就這樣到了七七四十九天的法事。
骨灰罈安置好後，大家開始談起遺產。
妳以為妳是用誰的錢才能長這麼大的？
妳的身體是我的!!
我當然不想要那種老爸的錢，
我知道哥哥們應該也會放棄繼承遺產，
我們希望這些錢全部都可以拿去充當媽媽今後的生活費。
媽媽現在也沒收入…
我們找了一些圓滑理由拒絕了。
這時媽媽…
那你們就當作撫恤金收下嘛！
好嘛！
竟然說了這種話。
咦？
…可是我們拿自己爸爸的錢當撫恤金…
少囉唆！
ドン!!
給我乖乖收下！

媽，妳先冷靜，
怎麼突然這麼說？
ザッ
呼－
呼…
媽媽想
跟你們道歉。
呼…
呼…
畢竟是我選擇那種人
當你們的父親…
小廣也是…
畢竟是女孩子…
應該有很多
不好的回憶吧？
ドクン
!?
難道…
媽媽她
知道那件事…？
那她為什麼
都沒說…？
ドクン
ドクン
ドクン
ドクン
ドクン
ドクン
啊…看到自己女兒
把頭髮剪那麼短，
還穿牛仔褲和鞋子睡覺，
應該多少會察覺吧！
應該沒有母親
會沒發現
這種異狀吧？
…可是，
既然察覺了，
為什麼不救我？
…不對，
要是她知道的話，
不可能視而不見的。
應該只是在講
我升學的事而已。
討厭啦，我想太多了。

只是啊…
妳3歲到8歲這段時間跟爸爸分開生活，
妳爸也不知道該怎麼跟女孩子一起生活嘛…
什麼意思？…她現在是在幫老爸說話嗎？
再說，養女孩子真是不容易啊！
純、書，你們家都有女孩子，應該懂吧~~
咦咦？為什麼是責怪我…
到了青春期，還會把爸爸當成男性看待…
…對吧？
媽媽果然知道那件事情。
而且…
「那都是妳先勾引了我的男人的關係吧？」
她的意思是這樣。

連媽媽都不只是
把我當成女兒看待，
還把我當成女人。
啊啊……
可是…
話說
回來…
我初經來的時候…
買內衣的時候…
開始對化妝品
感興趣的時候…
她每次看到
我女人的那個部分
有所成長的時候…
都會一臉
厭惡的樣子。
所以當我
把頭髮剪得
超短的時候…
哎呀！
一個女孩子家，
呵呵…
剪那種頭
好嗎？
我一直不習慣
處理生理期，
老把內褲弄髒時——
哎呀哎呀！
一個女孩子家，
這樣不行喔！
呵呵呵呵…
只要我缺乏
女孩子味，
或是在女性方面
失敗的時候…
她看起來那麼高興
是因為這樣嗎？

也就是說，他喜歡老爸…
喜歡到會嫉妒自己的女兒…咦…？那…
她不是因為我們的關係才逃不了，
而是因為她自己喜歡老爸(那傢伙)才離不開他…？
…原來是這樣，如果她真的有心要保護小孩，
就不會讓我們在那樣的家庭長大了。
…如果是我…有辦法看著自己的小孩挨揍嗎？
…如果我老公也開始對兒子施暴？
我一定會想盡辦法…
跟他斷絕關係。

這樣啊……
媽媽她……
比起我們，
更愛老爸。
那傢伙
喂！
到底怎麼樣!?
我都道歉了，就讓我輕鬆一點吧！
知道了，我會收下。
…我還要忙，先回去了。
我理解了所有事情後，終於從對母親的罪惡感中解放了。

完成遺產繼承後，我就完全跟媽媽保持距離，結束了一切。
媽媽
要設定為拒絕接聽嗎？
確定
取消
…我如果不當個好媽媽，
也會被兒子憎恨的。
現在不是嫉妒兒子的時候了！
我要當個好母親才行！
於是我更加強烈地要求自己要做個好母親。
可是，
弘弘，來換尿布吧！
屁屁會變舒爽喔～
……喂——
し～ん
乖乖聽話啊！
煩躁！
ビクッ
弘弘，換尿布了！

第20話 只想要普通的幸福

嗚嗚…
嗚哇啊啊啊啊！
我又來了！
對不起…
嗚哇啊啊
啊啊
啊
啊啊啊啊
…我可是從來沒人向我道歉過！
イライラ
イライラ
ブチッ
我都跟你道歉了！快過來換尿布！
拉扯拉扯
拉扯!!!
我還是無法輕易抑制我的嫉妒心，會忍不住將怒氣發洩在兒子身上。
接著兒子就會哭得更慘，我就變得更加生氣，氣到連自己都害怕。
嗚哇啊啊啊啊
嗚哇啊啊啊啊
然後我就會自己躲在陽台，直到兒子哭累了為止。

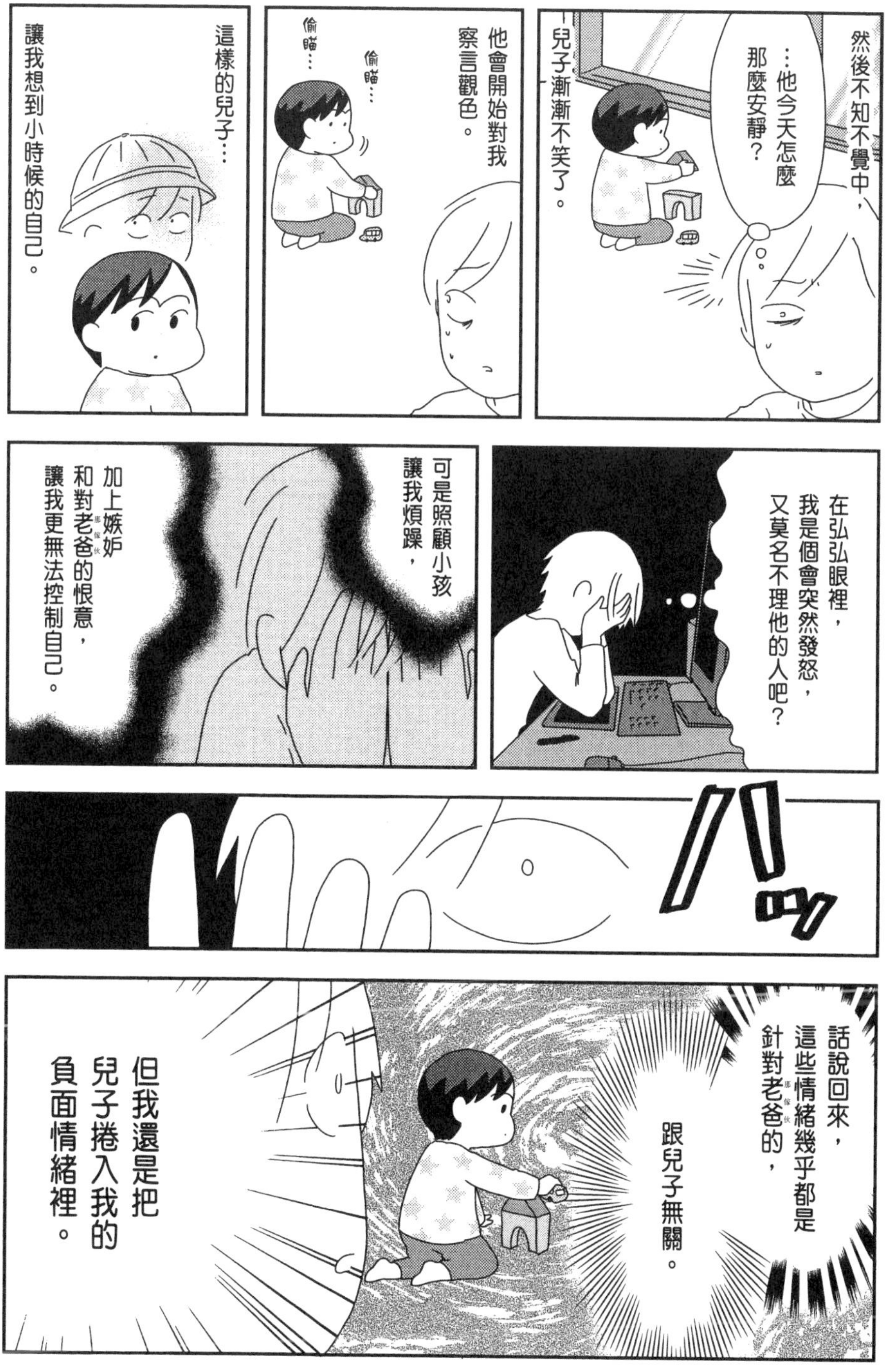
然後不知不覺中，
…他今天怎麼那麼安靜？
兒子漸漸不笑了。
他會開始對我察言觀色。
偷瞄…
偷瞄…
這樣的兒子…
讓我想到小時候的自己。
在弘弘眼裡，我是個會突然發怒，又莫名不理他的人吧？
可是照顧小孩讓我煩躁，
加上嫉妒和對老爸的恨意，讓我更無法控制自己。
那傢伙
ハッ
話說回來，這些情緒幾乎都是針對老爸的，
那傢伙
跟兒子無關。
但我還是把兒子捲入我的負面情緒裡。

我知道這樣下去不行，
為了讓自己改變，
每當我開始羨慕兒子的時候……
我就會坦率地對自己承認，
藉此來消化這個情緒。
……好好喔！
我也好希望
有人這樣對我笑……
我是希望誰這樣對我笑？
老爸嗎？
不對……
我……
我是希望他不要把我當女人看，
也不要對我暴力相向……
希望他能好好地
把我當成自己的小孩看待……
我沒有會這樣
對待我的爸爸！

我爸爸很討厭我。
就算我跟他說「對不起」，他也都不會原諒我。
會叫我去死，
還怪我出生在這個世上。
…可是那個人就是我的爸爸。
…嗯…因為我們血脈相連，我有一半是來自他…
可是啊…
不要再因為他是自己的爸爸，就被他束縛住了。
煩惱自己「該不該出生在這個世上」，這實在是太奇怪了！
會讓妳這麼想的父母，根本不是什麼好父母！

如果沒有那對父母，
我的確不會出生。
……這樣就好像是在否定自己的存在一樣，會讓我害怕到說不出口……
可是我……
一直好想在普通家庭，
跟普通的爸爸，
還有普通的媽媽一起生活……
我只是想擁有一個普通家庭的幸福。當我發現這一點時，我覺得自己終於能夠放鬆面對自己建立起來的家庭了。

MY FATHER,
ABUSING ME A LOT,
HAS DIED
AT LAST.

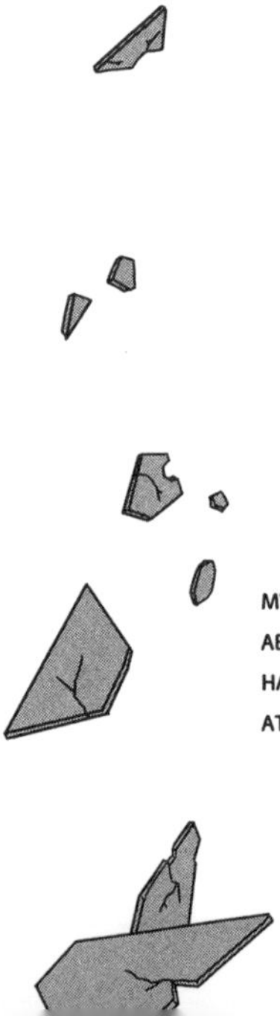
MY FATHER,
ABUSING ME A LOT,
HAS DIED
AT LAST.

第21話 找回自己的人生

自從我放棄對父親的執著，輕鬆面對自己的家庭後，
換尿布囉——
し～ん
嗅嗅
喂——！乖乖聽話啦——！
呀
!!
我在斥責小孩時，也不會產生多餘的情緒，
我抓到你了～～
呀——哈哈哈哈！
心情上放鬆了許多。
沒想到只是不讓現在的情緒跟過去和理想做連結，
就會輕鬆那麼多……
我冷靜下來之後，
弘弘也跟著冷靜了不少。

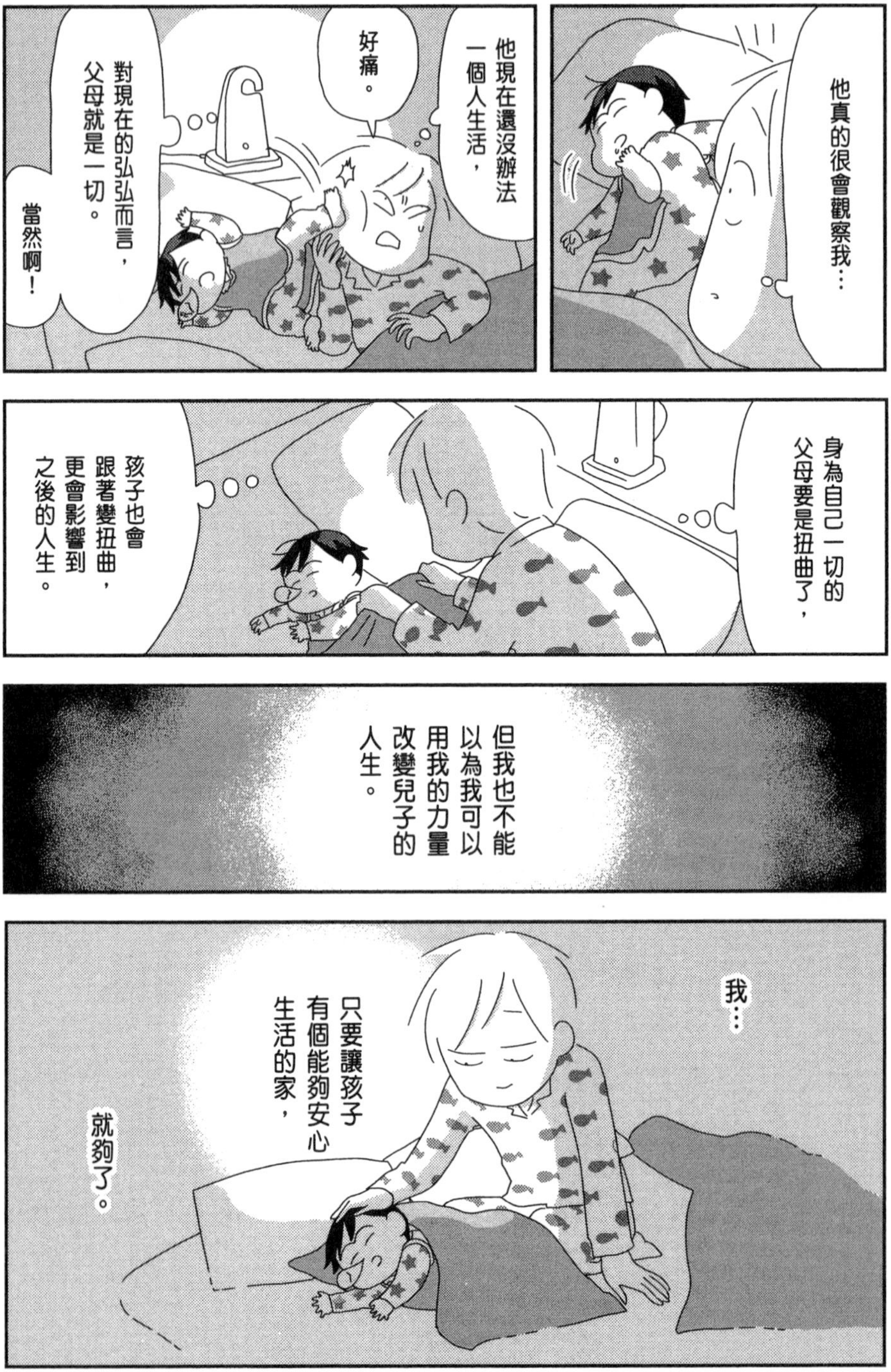
他真的很會觀察我…
他現在還沒辦法一個人生活，
好痛。
對現在的弘弘而言，父母就是一切。
當然啊！
身為自己一切的父母要是扭曲了，
孩子也會跟著變扭曲，更會影響到之後的人生。
但我也不能以為我可以用我的力量改變兒子的人生。
我…
只要讓孩子有個能夠安心生活的家，
就夠了。

雖然我的日子好不容易
慢慢地平靜了下來，
但在我生理期前，
或是生活忙碌等心情不穩定的
日子裡，
我還是會突然
覺得悶悶不樂。
這種時候，
妳竟敢不聽
老子的話!!
找死嗎!
媽的
瞧不
起我!
賤貨，
去死吧!!
我都一定會
夢到老爸，
然後
被恐懼給嚇醒。

ジャー
唉……
我已經不把親生父親當成自己爸爸看待了，照理來說，心情上應該已經做了個了結，
但還是無法消除「被凌虐過的回憶」……
……我想我一定還要花更多時間，才能消除爸爸帶給我的傷痛吧！

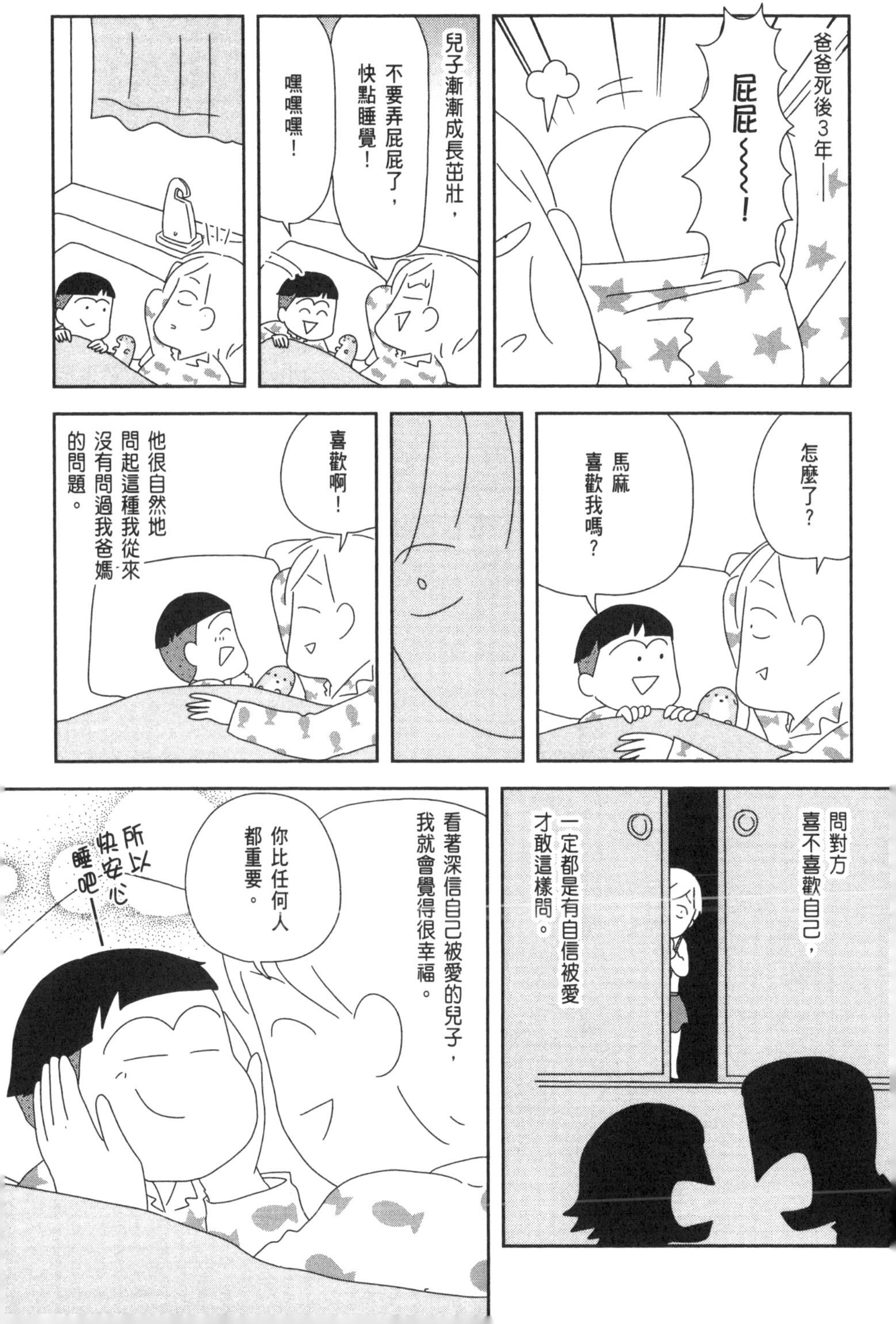
爸爸死後3年——
屁屁~~~!
兒子漸漸成長茁壯，
不要弄屁屁了，快點睡覺！
嘿嘿嘿！
怎麼了？
馬麻喜歡我嗎？
喜歡啊！
他很自然地問起這種我從來沒有問過我爸媽的問題。
問對方喜不喜歡自己，
一定都是有自信被愛才敢這樣問。
看著深信自己被愛的兒子，我就會覺得很幸福。
你比任何人都重要。
所以快安心睡吧——

雖然我個人偶爾還是會作一些惡夢，
但已經不會因為過去的事情而去懷疑別人的動機或傷害別人了。
我很慶幸我能夠保有自我…
媽媽——
從今以後我要在我自己選擇的這個地方，
跟我的家人，
一起好好地生活下去。
SUSHI
ULTRA

結語

非常感謝各位讀者閱讀到最後。

本書描寫了我從幼年時期到19歲遭受父親虐待、深受家庭環境的影響，還有直到最近都被母親束縛的故事。

我的情況是，在我父親過世時，終於成功逃脫出「肉體凌虐的恐懼」，可是當我在畫這部作品時，我看到了很多跟我小時候一樣被父母虐待、最後演變為重大案件的新聞。

對年幼的孩子而言，父母就是絕對性的存在。有時候只要看孩子的堅強程度，就能反映出對父母的愛。實際上，我只是不知道逃跑的方法而已。年幼的我只想著要趕快長大，早日離開這個家。

然而，曾經受虐的我當上母親開始養育小孩後，我又產生了一種誤解。

如本書中所描寫的一樣，我好幾次任由自己的情緒流竄，把所有不合理的憤怒發洩在自己的兒子身上。但年幼的兒子在那之後仍然不曾拒絕我，這件事削弱了我的罪惡感，我發現不管我對兒子做什麼，他都不會討厭我。

其實，對小孩不合理的怒罵已經算得上是一種虐待了，或許兒子只是在觀察我的臉色。「他還小，一定不懂」、「過不久就會忘記了吧」、「這點程度不算虐待」——虐待就是從這些自以為是的想法，逐漸發展成日常行為的。

即使肉體上的凌虐已經消失了，還是會殘留「精神上的受虐恐懼」，為了稍微舒緩這種恐懼感，我長大之後曾到許多機構諮詢。

「警察」讓我知道居民證和戶籍是有閱覽權限的；「法律諮詢中心（律師）」則是從法律上的角度，給我一些父母老後和死後的撫養義務範圍以及繼承放棄方法等方面的建議。另外，「婦女中心協會（男女共同策劃中心）」則告訴我可以向地方政府尋求支援和保護。

在蒐集這些資訊之後，原本只是茫然考慮「斷絕關係」的途徑逐漸變得明確，不只是我自己，這也讓我丈夫安心。希望這些資訊都能稍微幫助到至今仍在受苦的家庭。

世人對受虐家庭的關心程度逐漸高漲，諮詢窗口和能夠承接的管道都變多了，法律也在修正中，讓我們一起代替那些無法出聲的孩子發聲吧！

為了讓會施暴的大人從這個世上消失。

荒井廣世

書　　名　虐待我的爸爸終於死了
原　　名　虐待父がようやく死んだ
作　　者　荒井廣世
譯　　者　林琬清
總 經 理　陳君平
經　　理　洪琇菁
責任編輯　羅怡芳
美術編輯　李政儀
國際版權　黃令歡・梁名儀
公關宣傳　楊玉如・洪國瑋
榮譽發行人　黃鎮隆
出　　版　城邦文化事業股份有限公司　尖端出版
台北市中山區民生東路二段141號10樓
電話：(02)2500-7600 傳真：(02)2500-1974
E-mail：4th_department@mail2.spp.com.tw
發　　行　英屬蓋曼群島商家庭傳媒股份有限公司
城邦分公司　尖端出版
台北市中山區民生東路二段141號10樓
電話：(02)2500-7600 傳真：(02)2500-1974
讀者服務信箱E-mail：marketing@spp.com.tw
法律顧問　王子文律師 元禾法律事務所 台北市羅斯福路三段37號15樓
北中部經銷　楨彥有限公司
Tel:(02)8919-3369　Fax:(02)8914-5524
雲嘉經銷　智豐圖書股份有限公司　嘉義公司
Tel:(05)233-3852　Fax:(05)233-3863
南部經銷　智豐圖書股份有限公司　高雄公司
Tel:(07)373-0079　Fax:(07)373-0087
版刷版次　2021年10月1版1刷

郵購注意事項：
1.填妥劃撥單資料：帳號：50003021號　戶名：英屬蓋曼群島商家庭傳媒（股）公司城邦分公司。　2.通信欄內註明訂購書名與冊數。3.劃撥金額低於500元，請加附掛號郵資50元。如劃撥日起10～14日，仍未收到書時，請洽劃撥組。劃撥專線TEL：（03）312-4212・　FAX：（03）322-4621。